헛소문에 큰 소동

헛소문에 큰 소동

윌리엄 셰익스피어 최종철 옮김

민음사

차례

헛소문에 큰 소동

007

작품 해설

115

작가 연보

121

Much Ado About Nothing

125

일러두기

1 번역에 사용한 저본 및 참고본은 작품 해설에 밝혀 두었다.

2 고유명사의 표기는 국립 국어원의 외래어 표기법을 따르되 이미 굳어져
   널리 쓰이는 표기 등은 예외를 두었다.

3 원문에서 의도적으로 어법에 맞지 않게 쓴 표현은 그대로 살려 번역하거나
   일부 방언을 사용했고 대부분 각주로 표시했다.

4 독자의 편의를 위해 대사의 행수를 5행 단위로 표기했으며, 이는 원문의
   길이와 전체적으로는 거의 같지만 완벽하게 일치하지는 않는다.
   한 행이 계단식 배열로 표시된 것은 1) 한 인물이 같은 행을 나누어
   말하거나 2) 둘 이상의 인물이 같은 행을 나누어 말하는 경우다.

5 막 구분 없이 장면의 연속으로만 진행되던 셰익스피어 당시 공연 관행을
   반영하기 위해 막과 장의 숫자만 명기하고 장소는 각주에서 설명했다.

6 부록에 수록한 원문은 구텐베르크 프로젝트 웹사이트에서 가져왔다.

등장인물

군인들

돈 페드로	아라곤의 군주
돈 존	돈 페드로의 서출 동생
베네디크	파두아의 귀족
클라우디오	피렌체의 귀족
발사자	돈 페드로 수행원
콘래드 보라키오	돈 존의 친구들
귀족	

메시나 총독의 집안사람들

레오나토	메시나 총독
안토니오	레오나토의 동생
헤로	레오나토의 딸
베아트리스	레오나토의 질녀
마가레트 우술라	헤로의 시녀들
시동	

메시나 읍민들

프란시스 수사	
도그베리	순경 대장
베르제스	지역 순경
자경단원들	
조지 시코울 휴 오트케이크	자경단원들
프란시스 시코울	교회지기

그 밖의 사람들

사자들

수행원들, 악사들

1막 1장

메시나 총독 레오나토, 그의 딸 헤로와 질녀 베아트리스,

사자와 함께 등장.

레오나토   이 편지에 의하면 아라곤의 돈 페드로께서 오늘
           저녁 메시나로 오시는군.
사자   지금쯤 아주 가까이 오셨겠죠. 제가 떠나왔을 땐
           십 리도 안 되는 데 계셨어요.
레오나토   이번 전투로 자네 편에서 잃은 신사는 몇 명이나   5
           되는가?
사자   지휘관은 거의 없고, 유명 인사는 전혀 없어요.
레오나토   승리는 승자가 출전 때의 인원을 다 데리고 귀향할
           때 두 배가 되지. 여기에 따르면 돈 페드로께서는 클
           라우디오라는 피렌체 사람에게 커다란 영예를 내리   10
           셨군.
사자   본인이 그걸 받을 만해서 돈 페드로의 보상을 합당
           하게 받았지요. 그는 양의 모습으로 사자의 무공을
           세우면서 또래의 전망치를 넘어서는 활약을 보였답
           니다. 사실 그는 당신이 제게 듣기를 기대하실 게 틀   15
           림없는 기대치보다 더 잘했어요.
레오나토   여기 메시나에 그의 삼촌이 있는데 그 일로 아주 크
           게 기뻐할 걸세.
사자   제가 그에게도 벌써 편지를 보냈고, 그는 크게 환희

1-2행 아라곤 ... 메시나
아라곤은 스페인 북서쪽에 위치한
지역이고, 메시나는 시실리 북동쪽의 항구
도시로서 셰익스피어 당시에는 스페인의
통치하에 있었다. (아든)

1막 1장 장소
메시나, 레오나토의 집 앞.

하는 것 같은데, 그 환희는 너무 커서 비통의 표시
를 좀 덧입히지 않고는 적절해 보이지 않을 정도였
답니다.

레오나토　그가 눈물을 쏟아냈던가?

사자　아주 많이요.

레오나토　혈연의 정이 다정하게 흘러넘쳤군. 그렇게 씻긴 얼 25
굴보다 더 진실한 건 없네. 울음에 환희하는 것보다
는 환희에 우는 게 얼마나 더 좋은가!

베아트리스　부탁인데, 막 찔러 씨가 전쟁에서 돌아왔나요, 안 왔
나요?

사자　그런 이름 가지고는 모르겠는데요, 아가씨. 어느 30
군대에도 그런 사람은 없답니다.

레오나토　물어보려는 사람이 누구냐, 질녀야?

헤로　언니 말은 파두아의 베네디크 씨란 뜻이에요.

사자　오, 돌아왔답니다. 그리고 늘 유쾌했던 것처럼 지금
도 그렇죠.　35

베아트리스　그는 여기 메시나에 광고문을 붙이고 큐피드에게 활
쏘기 도전을 했어요. 그런데 삼촌의 바보가 그 도전
장을 읽고는 큐피드 편에 서서 그에게 뭉툭한 화살
로 도전했답니다. 부탁인데, 그가 이 전쟁에서 얼마
나 많이 죽이고 잡아먹었나요? 근데 얼마나 많이 죽 40
였나요? 실은 그가 죽인 건 내가 다 먹겠다고 약속
했거든요.

레오나토　참말로, 질녀야, 넌 베네디크 군을 너무 크게 질책하
는구나. 하지만 그는 되갚아 줄 거야, 틀림없이.

38행 뭉툭한 화살
이것으로 바보가 베네디크의 연애 기술을 놀려 먹으려 하거나, 큐피드와 베네디크의 활쏘기
시합을 유치해 보이게 만들려고. (아든)

헛소문에 큰 소동

| 사자 | 그는 이번 전쟁에서 큰 공을 세웠답니다. | 45 |

사자 　그는 이번 전쟁에서 큰 공을 세웠답니다.　45

베아트리스 　곰팡이 핀 군량미가 있었는데 그걸 먹어치우는 도움을 줬군요. 그는 아주 용맹스러운 밥 대장이랍니다, 빼어난 위를 가졌으니까.

사자 　그리고 훌륭한 군인이기도 하죠, 아가씨.

베아트리스 　그는 아가씨에 비하면 훌륭한 군인이죠, 하지만 귀 50
족에 비하면 뭐죠?

사자 　귀족에 비해도 귀족, 남자에 비해도 남자로서 모든 영예로운 덕목으로 꽉 찬 사람이죠.

베아트리스 　정말 그렇죠, 꽉 채운 사람과 다를 바 없으니까. 하지만 뭘로 채웠는지는 ─ 글쎄, 이러나저러나 우린 55
다 죽게 마련이죠.

레오나토 　자넨 질녀의 말을 오해해선 안 되네. 베네디크와 얘 사이엔 즐거운 전쟁 같은 게 있어. 둘은 만나자마자 기지 싸움을 벌인다네.

베아트리스 　아아, 그래서 그가 얻는 건 전혀 없답니다. 지난번 60
다툼에서는 그의 오감 중 넷이 절뚝대며 나가 버려서 이젠 그 사람 전체를 하나가 다스려요. 그래서 그가 자기 몸을 따뜻이 할 만큼의 기지라도 있다면, 그것을 자신과 자기가 타는 말 사이의 차이점으로 지니라고 하세요. 자신이 이성적인 인간임을 알려 65
줄 유일한 재산이니까. 지금은 누가 그의 동무예요? 그는 매달 새 의형제를 맺는답니다.

사자 　그럴 수가?

베아트리스 　아주 쉽게 그럴 수 있죠. 그는 자신의 신의를 유행하는 모자의 모양으로밖에는 안 봐요, 그 형태와 함께 70
늘 변하니까.

사자 　아가씨의 호감 수첩에 그 신사는 없나 봅니다.

베아트리스	예, 있다 해도 그 이름은 지워 버릴 겁니다. 하지만 부탁인데, 그의 동무는 누구죠? 지금 그와 함께 악마 찾아 여행 떠날 젊은 말썽꾼은 없나요? 75
사자	그는 대개 아주 고귀한 클라우디오와 함께 있죠.
베아트리스	맙소사, 그가 마치 질병처럼 그에게 들러붙겠군요! 그 역병을 옮자마자 피해자는 바로 미친답니다. 고귀한 클라우디오에게 신의 가호가 있기를! 그가 만약 베네디크 병을 옮았다면 치료비로 천 파운드는 80 들 겁니다.
사자	전 당신과 친해지겠습니다, 아가씨.
베아트리스	그러세요, 착한 친구.
레오나토	넌 절대 미치지 않겠구나, 질녀야.
베아트리스	예, 정월이 더워질 때까지는요. 85
사자	돈 페드로께서 오셨습니다.

(돈 페드로, 클라우디오, 베네디크, 발사자 및
서자 돈 존 등장.)

돈 페드로	레오나토님, 걱정거리를 맞이하러 나오셨나요? 이 세상의 유행은 손실을 피하는 것인데 당신은 그걸 떠안는군요.
레오나토	전하의 모습을 한 걱정거리는 결코 제 집에 찾아온 90 적이 없답니다. 걱정거리가 없어지면 위안이 남아야 하는데, 당신께서 저를 떠나시면 슬픔은 머물고 행복은 작별을 고할 테니까요.
돈 페드로	부담을 기꺼이 껴안는군요. 이쪽은 딸인가 봅니다.
레오나토	걔 어미가 그렇다고 여러 번 말해 줬답니다. 95
베네디크	물어봤다니, 어르신, 의심이라도 하셨나요?
레오나토	아니네, 베네디크 군, 그때 자넨 애였으니까.
돈 페드로	제대로 당했어, 베네디크. 우린 이걸로 자네가 어떤

사람인지 추측할 수 있겠네, 남자로서 말이야. 정말
로, 이 아가씨는 그 아버지를 연상시켜. 영예로운 아   100
버지를 닮았으니 복 많이 받아라, 아가씨.

(돈 페드로와 레오나토는 옆으로 걸어간다.)

베네디크 그녀는 레오나토 어르신이 자기 아버지이긴 해도 그
의 머리를 자기 어깨 위에 올려놓지는 않을걸요, 메
시나를 다 준대도, 아무리 그와 닮았대도.

베아트리스 당신이 얘기를 계속할지 궁금하네요, 베네디크 씨,   105
아무도 주목하지 않는데요.

베네디크 아니, 친애하는 경멸 아가씨! 아직 살아 있나요?

베아트리스 경멸이 죽는 게 가능해요, 베네디크 씨처럼 딱 맞는
음식을 먹고 살 수 있는데? 예절의 화신이라도 당신
이 면전에 나타나면 자신을 경멸로 바꿔야 할 거예요.   110

베네디크 그럼 예절은 변절자로군요. 하지만 내가 모든 아가
씨들의 사랑을 받는 건 분명해요, 당신만 빼놓고.
그리고 난 내 마음속에 무정한 마음은 없다는 걸
알 수 있었으면 좋겠네요, 난 정말 아무도 사랑하지
않으니까.   115

베아트리스 여자들에겐 큰 행운이네요. — 안 그랬으면 악질 구
혼자 때문에 골치 아팠을 테니까. 그 점에서 난 신
과 또 나의 차가운 혈기에 고맙게도 당신과 같은 심
정이랍니다. 난 어떤 남자의 사랑 맹세보다는 차라
리 개가 까마귀 보고 짖는 소리 듣겠어요.   120

베네디크 신은 아가씨가 그 마음 늘 지키도록 해서 이런저런
신사가 얼굴 긁히는 숙명을 피하게 하소서.

베아트리스 만약 그 얼굴이 당신 것과 같다면 긁혀 봤자 더 나
빠질 것도 없겠죠.

베네디크 글쎄, 당신은 참 희귀한 앵무새 교사로군요.   125

베아트리스 　내 혀를 가진 새가 당신 것을 가진 짐승보다 더 낫
　　　　　답니다.

베네디크 　당신 혀의 속도와 또 그만큼 대단한 지구력이 내 말
　　　　　에게 있었으면 좋겠네요. 하지만 맘대로 해요, 맹세
　　　　　코, 난 이걸로 끝이오.　　　　　　　　　　　　130

베아트리스 　당신은 늘 삼십육계 쓰는 걸로 끝을 내죠, 전부터
　　　　　알고 있었어요.

돈 페드로 　그게 전부요, 레오나토. (일행을 향하여) 클라우디오
　　　　　군과 베네디크 군, 소중한 나의 친구 레오나토가 자
　　　　　네들을 다 초대했네. 난 우리가 적어도 한 달은 여기　135
　　　　　에 머물 거라고 하는데도, 그는 무슨 일을 계기로
　　　　　우리가 더 오래 붙잡혀 있기를 진심으로 바란다네.
　　　　　난 그가 위선자가 아니고, 충심으로 바란다고 감히
　　　　　맹세하네.

레오나토 　당신께서 맹세하시면, 전하, 제가 그걸 깨지는 않을　140
　　　　　것입니다. (돈 존에게) 백작님, 군주 형님과 화해하
　　　　　셨다니까 당신도 환영하게 해 주시오. 당신을 최대
　　　　　한 존경할 것입니다.

돈 존 　고맙소. 난 말을 많이 하지는 않지만 고맙소.

레오나토 　(돈 페드로에게) 전하께서 인도해 주시겠습니까?　145

돈 페드로 　손을 주시오, 레오나토, 우린 함께 갈 것이오.
　　　　　(베네디크와 클라우디오만 남고 모두 퇴장)

클라우디오 　베네디크, 자넨 레오나토 어른의 딸을 주목했어?

베네디크 　주목은 안 했지만 쳐다보긴 했지.

클라우디오 　얌전한 아가씨 아닌가?

베네디크 　자넨 정직한 사람이 묻듯이 단순 정확한 내 판단을　150
　　　　　묻는 건가? 아니면 잘 알려진 여성 비방자로서 내
　　　　　습관대로 얘기해 주길 원하는가?

클라우디오   아니, 부탁인데, 진지한 판단을 얘기해 주게.

베네디크   허, 참말로 그녀는 높이 칭찬하기엔 너무 낮고, 희다
고 칭찬하기엔 너무 갈색이고, 크게 칭찬하기엔 너   155
무 작은 것 같아. 오직 이 추천만은 해 줄 수 있네.
즉 그녀가 지금과 딴판이라면 못생겼을 텐데, 지금
과 딴판은 영 아니라서 난 그녀를 안 좋아해.

클라우디오   내가 장난하는 줄 아나 보군. 부탁인데, 자네가 그녀
를 얼마나 좋아하는지 진짜로 말해 주게.   160

베네디크   그녀에 대해 알아보다니, 사려고 그래?

클라우디오   이 세상을 다 주면 그런 보석을 살 수 있나?

베네디크   그럼, 그걸 넣을 상자까지도. 근데 진지한 표정으로
하는 말이야? 아니면 불손한 녀석 행세를 하면서
눈 가린 큐피드는 토끼를 잘 찾아내고, 대장장이 불   165
카누스는 보기 드문 목수라고 우리에게 말해 주는
거야? 자, 자네 노래를 따라 하려면 무슨 음조를 택
해야지?

클라우디오   내 눈에 그녀는 여태껏 바라본 여자들 가운데 가장
상냥한 아가씨야.   170

베네디크   난 아직 안경 없이 볼 수 있는데도 그런 건 안 보여.
그녀에겐 사촌 언니가 있는데, 만약 그녀가 원귀에
씐 게 아니라면 미모에 있어서는 그녀보다 더 나아,
오월 첫째 날이 십이월 마지막 날보다 더 나은 만큼
말이야. 근데 난 자네가 남편이 될 의향을 품은 건   175
아니길 바라는데, 품었어?

클라우디오   그 반대로 맹세했지만, 헤로가 내 아내가 되겠다고

166-167행 우리에게 ... 거야?
눈 가린 큐피드는 토끼를 못 찾아낼 테고, 불의 신인 불카누스는 목수보다는 대장장이가 더
적성에 맞을 텐데, 헤로와 관련하여 이런 억지를 부리는 이유가 뭔가?

15

	하면 난 아마도 나 자신을 믿지 않을 거야.
베네디크	일이 그 지경이 됐어? 참말로, 이 세상 남자들이 하
	나도 남김없이 다 오쟁이를 지려고 해? 육십 된 노 180
	총각은 절대 다시 못 본다고? 가 보게, 참말로. 자네
	가 결혼이란 멍에에 목을 밀어 넣겠다면, 그렇게 낙
	인찍힌 다음 주일은 다 한숨으로 날려 보내. 저 봐,
	돈 페드로께서 자넬 찾으러 돌아오셨어.
	(돈 페드로 등장.)
돈 페드로	자네들은 무슨 비밀 얘기가 있길래 레오나토 댁으 185
	로 따라가지 않고 여기에 남았는가?
베네디크	전하께선 제게 말하라고 강요해 주셨으면 합니다.
돈 페드로	자네의 충성에 걸고 명하겠네.
베네디크	들었어, 클라우디오 백작? 난 벙어리처럼 비밀을 지
	킬 수 있고, 자네도 날 그렇게 생각하길 바라. 하지 190
	만 제 충성에 걸고 — 주목하십시오, 제 충성에 걸
	고 — 그는 사랑에 빠졌답니다. 누구와? 자, 그 질
	문은 전하의 몫입니다. 그의 대답이 얼마나 짧은지
	주목하십시오. 그건 헤로, 레오나토의 키 작은 딸이
	니까. 195
클라우디오	그게 그렇다면 그렇다고 밝혀졌군.
베네디크	옛이야기처럼 말이죠, 전하. '그런 것도 아니고, 안
	그런 것도 아니었다.' 근데 실은 절대 그래선 안 돼!
클라우디오	내 감정이 짧은 시간에 변하지 않는다면 절대 안 그
	래선 안 돼. 200
돈 페드로	자네가 그녀를 사랑한다면 아멘이네, 그 아가씨는
	그럴 가치가 아주 크니까.
클라우디오	저를 떠보려고 그리 말씀하십니다, 전하.
돈 페드로	진실로, 난 내 생각을 말하네.

클라우디오	참말로, 전하, 저도 제 것을 말했습니다.	205

클라우디오 참말로, 전하, 저도 제 것을 말했습니다.

베네디크 저의 두 참말과 두 진실로, 전하, 저도 제 생각을 말했습니다.

클라우디오 그녀를 사랑한다는 걸 전 느껴요.

돈 페드로 그녀가 그럴 가치 있다는 걸 난 알아.

베네디크 그녀가 얼마나 사랑받아야 할지 느끼지도 못하고 얼마나 가치 있는지 알지도 못하는 제 의견은 불에 타도 빠져나가지 않을 테니, 전 그걸 가진 채 화형당하겠습니다.

돈 페드로 자넨 늘 미를 경멸하는 완강한 이단자였어.

클라우디오 그리고 그런 옹고집이 아니었더라면 결코 자신의 역할을 유지할 수 없었지요.

베네디크 여자가 저를 임신한 것, 고맙죠. 저를 키워 준 것도 마찬가지로 대단히 겸허하게 고맙죠. 하지만 제 이마에 뿔이 돋지 않거나 제 물건을 못 믿을 곳에 맡기지 않더라도 여자들은 다 저를 용서해야 할 겁니다. 전 그들 중 누구를 의심하는 잘못은 범하지 않을 것이기 때문에 아무도 안 믿는 옳은 일을 하렵니다. 그래서 결론은 — 그 때문에 제 차림은 더욱 화려해질 텐데 — 전 총각으로 살 겁니다.

돈 페드로 난 죽기 전에 자네가 사랑으로 창백해지는 꼴을 볼 것이네.

베네디크 사랑이 아니라 분노로, 병이나 굶주림으로 그러겠죠, 전하. 제가 사랑 때문에 피를, 술 마셔서 회복하

206행 두 … 진실
클라우디오와 돈 페드로 양쪽에 대한
참말과 진실. (RSC)
218~219행 이마 … 물건
앞부분은 아내가 바람피우는 남편의

이마에 뿔이 돋는다는 속설에 빗댄, 즉
결혼해서 그런 꼴 보이지 않겠다는 말이고,
뒷부분은 자기 물건(성기)을 바람피울 수
있는 여자들에게 맡기지 않겠다는 말이다.

	는 것보다 더 많이 잃는다는 걸 언젠가 입증하신다	
	면, 가요 작사가 펜으로 제 눈을 파낸 다음 저를 어	230
	느 사창가 문에 눈먼 큐피드 간판 대신 걸어 두십시오.	
돈 페드로	글쎄, 자네가 언젠가 그 신념을 버리게 된다면 자넨	
	악명 높은 논란거리가 될 것이네.	
베네디크	그럴 경우 저를 고양이처럼 대바구니 안에 넣어 매	
	달고 제게 활을 쏘게 한 다음 저를 맞히는 사람의	235
	어깨를 두드리며 아담이라 부르시죠.	
돈 페드로	글쎄, 두고 볼 거야. '때가 되면 사나운 황소도 멍에	
	를 지니까.'	
베네디크	사나운 황소는 그럴 수 있지만 만약 분별 있는 베네	
	디크가 언젠가 그걸 진다면, 그 황소의 뿔을 뽑아	240
	제 머리에 꽂으십시오. 그리고 저를 추하게 그린 다	
	음 엄청나게 큰 글자로 '좋은 말 빌려줍니다.'라고	
	쓰고, 제 초상화 밑에 '기혼자 베네디크를 여기에서	
	볼 수 있소.'라고 알리십시오.	
클라우디오	그 일이 언젠가 일어난다면 자넨 뿔난 황소처럼 미	245
	칠걸.	
돈 페드로	아니, 큐피드가 자기 화살통을 베니스에서 다 비운	
	게 아니라면 이번 일로 자넨 곧 벌벌 떨게 될 거야.	
베네디크	그럼 전 지진도 기대할 겁니다.	
돈 페드로	글쎄, 시간이 좀 지나면 덤덤해질 거야. 그동안에 착	250
	한 베네디크 군, 레오나토 댁으로 가서 내 안부를 전	
	하고 저녁 식사에는 꼭 가겠다고 전해 주게, 그가	
	준비를 진짜 단단히 했으니까.	

236행 아담
전설적인 명사수의 이름. (아든)

247행 베니스
당시 방탕과 호색으로 알려진 도시.
(리버사이드)

헛소문에 큰 소동

18

베네디크	전 그런 심부름을 하는 데 충분할 만큼의 감각은
	갖췄답니다. 그러니 전 당신을 ― 255
클라우디오	'신의 가호에 맡깁니다. 내 집에서' ― 만약 내게 집
	이 있다면 ―
돈 페드로	'칠월 육일. 사랑하는 친구, 베네디크가.'
베네디크	아니, 아니, 놀리지 마세요. 둘의 담화는 때로 넝마
	조각으로 장식된 것 같고, 그 장식조차 엉성하게 붙 260
	어 있을 뿐입니다. 낡은 문구 더 주워섬기기 전에 둘
	의 양심을 검사하십시오. 그럼 전 갑니다. (퇴장)
클라우디오	주군께선 저에게 친절을 베푸실 수 있습니다.
돈 페드로	내 호의를 일깨워 어떡할지 가르치면
	친절을 베푸는 과제가 아무리 어려워도 265
	얼마나 열심히 배우는지 알 것이네.
클라우디오	레오나토 어른에게 아들이 있나요, 전하?
돈 페드로	헤로밖엔 없으며 그녀가 유일한 상속자네.
	그녀를 좋아하나, 클라우디오?
클라우디오	오, 전하,
	당신께서 막 끝난 이 전투에 나섰을 때 270
	전 그녀를 군인의 눈으로 보면서 좋아해도
	그러한 호감을 사랑으로 바꾸기엔
	더 거친 임무를 마주하고 있었지요.
	근데 이젠 돌아왔고 그 전쟁 생각은
	자리를 비우고 떠났는데, 그 빈 곳에 275
	부드럽고 미묘한 욕망들이 몰려들어
	제가 전쟁 전에도 그녀를 사랑했다면서
	이 젊은 헤로가 얼마나 고운지 암시해요.
돈 페드로	자네도 곧 연인처럼 책 한 권을 떠벌리며
	자네 말 듣는 사람 지치게 할 것이네. 280

고운 헤로 사랑하면 그 마음 잘 보듬게,
그럼 내가 부녀에게 말을 꺼내 자네가
그녀를 가지도록 하겠네. 이러한 목적으로
그토록 묘한 얘기 시작한 거 아닌가?

클라우디오　　사랑의 고뇌를 낯빛으로 아시는 전하께선　　285
참으로 달콤하게 사랑을 도와주십니다!
하지만 제 호감이 너무 급해 보일까 봐
조금 긴 언설로 늦춰 보려 했습니다.

돈 페드로　　강폭보다 훨씬 더 긴 다리가 왜 필요해?
필요에 맞추는 게 가장 고운 선물이고　　290
시의적절하면 돼. 사랑하는 것으로 됐으니
자네에게 맞는 처방 내가 내릴 것이네.
오늘 밤에 술잔치가 있다고 아는데, 난
약간의 변장으로 자네 모습 취한 다음
헤로에게 내가 클라우디오라고 말하고　　295
그녀의 가슴속에 내 마음을 펼치면서
내 연애 얘기의 강력한 힘으로
그녀 귀를 공략하여 죄수로 만들겠네.
그런 다음 그녀 아버지에게 말 꺼내면
그 결론은 그녀는 자네 차지, 그거라네.　　300
자, 이 일을 곧바로 실천에 옮기세.　　（함께 퇴장）

1막 2장

레오나토와 레오나토의 동생인 안토니오 노인

서로 만나면서 등장.

레오나토   잘 지내나, 동생, 아들인 내 조카는 어디 있나? 걔가
이 음악을 준비했어?

안토니오   그 일로 아주 바빠요. 하지만 전 형님이 꿈도 못 꾼
이상한 소식을 전해 줄 수 있어요.

레오나토   좋은 건가?   5

안토니오   그건 결과에 달렸지만 겉보기에는 좋아요, 밖으로
드러난 건 훌륭하니까. 군주님과 클라우디오 백작
이 제 정원 안에서 빽빽이 가지 얽힌 샛길을 걸으면
서 이런 얘기 하는 걸 제 하인이 들었다고 합니다.
군주님이 클라우디오에게 밝히기를 자기는 형님 딸   10
인 제 질녀를 사랑하는데, 그 사실을 오늘 밤 춤출
때 털어놓을 참이고, 질녀가 동의하면 그 순간을 확
낚아채 즉시 형님에게 그에 대한 얘기를 꺼낼 거라
고요.

레오나토   그 얘기 해 준 녀석은 뭔 재간이라도 있나?   15

안토니오   아주 날카로운 녀석이죠. 오라고 할 테니 직접 물어
보세요.

레오나토   아냐, 아냐. 우린 이 일이 모습을 드러낼 때까지는
꿈으로 여길 거야. 하지만 딸에게는 이걸 알려서 이
게 혹시 사실이면 대답할 준비를 더 잘 할 수 있도록   20
하겠네. 자네가 가서 전해 주게.

1막 2장 장소
레오나토의 집.

(안토니오 퇴장)

　　　　(안토니오의 아들이 악사들,
수행원들과 함께 등장하여 무대를 가로지른다.)
　　　　친척들, 할 일은 알고들 있겠지. 오, 미안하네, 친구,
자넨 나와 함께 가, 자네 재주를 쓰려고 하니까. 조
카야, 바쁜 때인데 조심해!　　　　　　　　(함께 퇴장)

1막 3장

서출 돈 존과 그의 친구 콘래드 등장.

콘래드　　도대체 뭡니까, 백작님! 왜 이렇게 한도 없이 우울
　　　　　하셔요?
돈 존　　이렇게 된 원인에 한도가 없으니 이 우울증에도 한
　　　　　계가 없다네.
콘래드　　이성에 귀를 기울이셔야지요.　　　　　　　　　　　5
돈 존　　거기에 귀를 기울이면 무슨 축복을 받는데?
콘래드　　곧장 해결은 안 되겠지만 적어도 참고 견딜 순 있답
　　　　　니다.
돈 존　　놀라운 일이구먼. — 자네 말마따나 토성의 영향을
　　　　　받아 태어난 자네가 — 치명적인 병증에 도덕적인　　10
　　　　　약을 쓰려고 하다니. 난 본색을 숨길 수 없다네. 우
　　　　　울해야 할 이유가 있으면 그래야 하고 누구의 농담
　　　　　에도 미소 짓지 않으며, 식욕이 있으면 누구의 여유
　　　　　도 기다리지 않고 먹으며, 졸리면 자고 누구의 일도

1막 3장 장소　　　　　　　　9행 토성의 영향
레오나토의 집.　　　　　　　　음울한 기질의 근원.

헛소문에 큰 소동

22

돌보지 않으며, 즐거울 땐 웃고 누구의 기분도 맞춰 15
주지 말아야 해.

콘래드   예, 하지만 아무런 제약 없이 그렇게 할 수 있을 때
까지는 그런 걸 다 드러내선 안 됩니다. 당신은 최근
형님과 맞섰다가 그가 당신을 다시 총애하게 되었
는데, 이런 상황에서는 당신 스스로 곱게 행동하지 20
않고는 진정으로 뿌리를 내리는 건 불가능하답니다.
자신의 수확물을 얻기 위해서는 계절을 조작할 필
요가 있어요.

돈 존   난 그의 총애를 받는 장미가 되느니 차라리 산울타
리 속의 찔레가 되고 싶고, 누구의 사랑을 훔치기 25
위해 언행을 꾸미기보다는 모두의 경멸을 받는 편이
내 체질에 더 잘 맞아. 이런 점에서 난 아첨하는 정
직한 사람이라고 말할 순 없지만 솔직한 악당이란
사실을 부인해서도 안 돼. 난 재갈을 물린 채 신뢰
받고 족쇄를 찬 채 해방됐어. 그러므로 난 새장 안 30
에 갇혀서는 노래하지 않기로 작심했어. 입을 쓸 수
있으면 물어 버릴 테고, 자유를 얻으면 하고 싶은 대
로 할 거야. 그동안엔 날 이대로 내버려 두고 바꾸려
하지 마.

콘래드   당신의 불만을 이용할 수는 없나요? 35

돈 존   난 그걸 모조리 이용해, 오직 그것만 이용하니까.
여기로 오는 게 누구야?
        (보라키오 등장.)
무슨 소식이라도, 보라키오?

19행 형님과 맞섰다가
돈 페드로의 최근 전투는 돈 존과 치른 것이었다. (아든)

보라키오	저는 저기 호화판 저녁 자리에서 왔답니다. 군주 형
	님께선 레오나토에게 엄청난 환대를 받으셨고, 전 40
	예정된 결혼 소식을 알려 드릴 수 있어요.
돈 존	그게 해악을 끼치는 데 쓸모 있는 일인가? 불화와
	약혼을 하겠다는 이 바보는 대체 누구야?
보라키오	허 참, 그는 당신 형님의 오른팔이랍니다.
돈 존	누구, 최고의 멋쟁이 클라우디오? 45
보라키오	바로 그요.
돈 존	잘생긴 수습기사야! 근데 누굴, 근데 누굴? 어느
	쪽을 쳐다보는데?
보라키오	허 참, 헤로요, 레오나토의 딸이자 상속인 쪽이요.
돈 존	아주 조숙한 삼월 병아리지! 자넨 이걸 어떻게 50
	알았지?
보라키오	제가 곰팡내 나는 방에서 향 피우는 일을 하고 있는
	데, 군주님과 클라우디오가 손을 맞잡고 진지한 대
	화를 나누며 들어왔어요. 전 재빨리 휘장 뒤로 숨었
	고, 거기에서 군주님이 자신을 위하여 헤로에게 구 55
	애하고 그녀를 얻은 다음에는 클라우디오 백작에게
	주기로 합의하는 걸 들었어요.
돈 존	자, 자, 거기로 가자. 이건 내 불쾌감의 연료가 될지
	도 몰라. 그 어린 벼락부자는 내 패배에 따른 영광
	을 다 차지했어. 어떻게든 그를 방해할 수만 있다면 60
	난 온통 행복하다고 여길 거야. 자네 둘은 확실하게
	날 도울 테지?
콘래드	죽을 때까지요, 백작님.

55행 자신을 위하여
보라키오의 말은 대체로 맞지만 이 표현은 커다란 오해를 불러일으킬 수 있는 악의적인
해석의 결과이다.

돈 존	그 호화판 저녁 자리로 가자. 그들의 환호는 내가 굴
	복했기 때문에 더욱 크다. 그곳 요리사도 나와 같은 65
	마음이었으면. 가서 할 일을 점검해 볼까?
보라키오	저희가 백작님을 모시겠습니다. (함께 퇴장)

2막 1장

레오나토, 그의 동생 안토니오와 그의 딸 헤로,

그의 질녀 베아트리스 등장.

레오나토	존 백작은 여기 저녁 자리에 없었나?
안토니오	못 봤는데요.
베아트리스	얼마나 신랄해 보이는 신사인지! 그를 본 지 한
	시간 뒤면 제 가슴이 어김없이 아파요.
헤로	그는 아주 우울한 성격을 가졌어요. 5
베아트리스	그와 베네디크가 반반으로 섞인 사람이 있다면 빼
	어날 거예요. 한쪽은 너무 석상 같아서 말을 않고,
	다른 쪽은 너무 마님의 응석받이 장남 같아서 줄곧
	떠드니까.
레오나토	그럼 존 백작의 입에 베네디크 군의 혀를 반만 달고, 10
	베네디크 군의 얼굴에 존 백작의 우울증을 반만 집
	어넣으면 —
베아트리스	그리고 멋진 다리와 멋진 발에다 지갑에 돈이 충분
	하다면, 삼촌, 그런 남자는 이 세상 어떤 여자라도
	얻을 거예요. — 그가 그녀의 호의를 얻을 수만 있 15

65~66행 그곳 ... 마음
자기처럼 악의에 차 있기를.

2막 1장 장소
레오나토의 집.

다면요.

레오나토 참말이지 질녀야, 넌 입이 그렇게 날카로워가지고
남편은 절대 못 얻을 거야.

안토니오 실은 너무 못됐어요.

베아트리스 너무 못된 건 못된 것 이상이죠. 그런 점에서 제가 20
신의 선물을 줄여 볼게요. '신은 못된 암소에겐 짧
은 뿔 둘을 준다.'고 하는데 ― 너무 못된 암소에겐
하나도 안 주시니까.

레오나토 그래서 넌 너무 못됐기 때문에 뿔을 전혀 안 주시겠
구나. 25

베아트리스 정확히 그렇죠, 남편을 전혀 안 주신다면. 그 축복
이 고마워 저는 매일 아침저녁으로 그분에게 무릎
꿇어요. ― 주님, 전 얼굴에 수염 기른 남편은 못 견
디겠어요! 전 차라리 양털 속에 눕고 싶어요.

레오나토 우연히 수염 없는 남편을 만날 수도 있잖아. 30

베아트리스 제가 그를 어떻게 해야죠? 제 옷을 입혀서 시녀로
삼을까요? 그에게 수염이 있다면 청년보단 늙었고,
수염이 없다면 남자보단 어리겠죠. 그런데 청년보다
늙은 사람은 그가 제게 맞지 않고, 남자보다 어린
사람은 제가 그에게 맞지 않아요. 그러므로 저는 노 35
처녀의 운명에 따라 원숭이들을 지옥으로 인도하렵
니다.

레오나토 그래서 네가 지옥으로 간다고?

베아트리스 아뇨, 문까지만 가면 악마가 거기에서 오쟁이 진 노
인처럼 머리에 뿔을 달고 저를 맞이하면서, '천국으 40

35~36행 노처녀의 운명
속설에 의하면 노처녀들은 아마도 자식을 안 낳고 돌보지 않은 죄로 지옥에서 바보들을
이끄는 벌을 받는다고 한다. (아든)

헛소문에 큰 소동

26

로 가, 베아트리스, 천국으로 가. 여긴 너 같은 처녀들이 올 데가 아냐!'라고 말할 거예요. 그럼 전 원숭이들을 전달하고 천국의 문지기 베드로 성자에게 달려가죠. 그는 제게 미혼자들이 앉은 곳을 보여 주고, 거기에서 우린 한없이 즐겁게 살 거예요. 45

안토니오 (헤로에게) 근데 질녀야, 넌 네 아버지가 시키는 대로 할 거라고 믿는다.

베아트리스 예, 정말로, 동생이 절하면서 '아버지 좋으실 대로 하셔요.'라고 하는 건 그녀의 의무랍니다. 그럼에도 동생, 잘생긴 친구여야 된다고 하고, 아니면 다시 절 50 한 다음 '아버지, 제 맘대로 하렵니다.'라고 말해.

레오나토 글쎄, 질녀야, 난 네가 언젠가 남편과 맺어지는 걸 보고 싶구나.

베아트리스 하느님이 남자를 흙 말고 다른 재료로 빚기 전엔 못 보실 겁니다. 한 여자가 용감한 먼지 덩어리에게 지 55 배당한다면 비통하지 않겠어요? 자신의 삶을 빗나간 찰흙덩이에게 해명한다고요? 아뇨, 삼촌, 전 안 할래요. 아담의 아들들은 제 형제고, 정말로 전 친족 결혼은 죄라고 생각해요.

레오나토 딸애야, 내가 한 말 기억해 둬. 군주님이 그런 유의 60 청을 하시면 그 대답은 네가 아는 그대로다.

베아트리스 네가 만약 적절한 때에 구혼을 받지 못한다면, 동생, 그 잘못은 음악에 있을 거야. 군주께서 너무 서두르시면 만사에는 박자가 있다고 말씀드리고 춤으로 답을 보여 드려. 왜냐하면 들어 봐, 헤로, 구혼과 65 결혼, 후회는 활발한 춤, 느린 춤, 빠른 춤과 같으니

56~57행 빗나간
타락했기 때문에. (아든)

27

	까. 첫째, 청혼은 뜨겁고 급하며 스코틀랜드 지그처	
	럼 환상이 가득하고, 결혼은 근엄한 춤처럼 예의 바	
	르고 위엄과 전통이 가득해. 그런 다음 후회가 찾아	
	와서 허우적거리는 걸음으로 빠르게, 빠르게 오박자	70
	춤에 빠져들다가 결국 무덤 속으로 내려간단다.	

레오나토　애야, 넌 몹시 삐딱하게 보는구나.

베아트리스　제 눈은 좋은데요, 삼촌. 햇빛으로 교회를 볼 수도
　　　　　있답니다.

레오나토　(안토니오에게) 잔치 손님들이 들어오네, 동생.　　75
　　　　　자리를 좀 내주게.

　　　　　　　　　　　(안토니오는 비켜서서 가면을 쓴다.)

　　　(가면 쓴 돈 페드로, 클라우디오, 베네디크,
　　발사자가 고수와 함께, 그리고 마가레트, 우술라,
　　　돈 존, 보라키오 및 그 밖의 사람들 등장.
　　　　　　음악과 춤이 시작된다.)

돈 페드로　(헤로에게) 아가씨, 당신 친구와 춤 한번 추시겠어요?

헤로　부드럽게 추고 친절해 보이며 말이 없으시면 그 춤
　　　을 출게요, 특히 제가 멀어지는 춤이라면.

돈 페드로　저를 데리고 말입니까?　　80

헤로　제 마음에 들면 그럴지도 모르죠.

돈 페드로　언제 그럴지도 모르는 마음이 들지요?

헤로　당신 얼굴을 좋아할 때지요. ─ 악기가 상자와 같으
　　　면 절대로 안 되니까!

돈 페드로　제 가리개는 필레몬의 지붕이랍니다, 집 안에 조브　　85
　　　가 있으니까.

헤로　그렇다면 그 가리개는 짚으로 덮여 있어야죠.

돈 페드로　사랑을 얘기하려면 낮게 얘기하세요. (그들은 옆으
　　　로 움직이고, 우술라와 안토니오가 앞으로 나온다.)

발사자	글쎄, 당신이 날 정말 좋아해 주기를 바라오.
마가레트	당신을 위해 그러고 싶지 않아요, 난 나쁜 점들이 90
	많으니까.
발사자	어떤 거죠?
마가레트	큰 소리로 기도해요.
발사자	듣는 사람들이 아멘을 외칠 수 있으니까 당신을 더
	욱더 사랑하오. 95
마가레트	하느님, 춤 잘 추는 사람과 저를 맺어 주소서!
발사자	아멘!
마가레트	그리고 춤이 끝나면 그가 안 보이게 해 주소서! 답
	해 봐요, 교구 서기님.
발사자	말은 그만, 그 서기가 뜻을 알아챘어요. (그들은 옆으 100
	로 움직이고, 우술라와 안토니오가 앞으로 나온다.)
우술라	전 당신을 꽤 잘 알아요, 안토니오 어른이시죠.
안토니오	한 마디로, 아닙니다.
우술라	전 당신의 체머리로 당신이 누군지 알아요.
안토니오	사실을 말하면, 난 그를 흉내 내고 있답니다.
우술라	바로 그 사람이 아니라면 그를 그토록 못나게 잘 표 105
	현할 순 없어요. 이게 딱 그의 말라붙은 손이에요.
	그가 맞아요, 맞아요!
안토니오	한 마디로, 아닙니다.
우술라	에이, 에이, 그 빼어난 기지를 보고 제가 당신을 모
	를 것 같아요? 미덕을 감출 수 있나요? 원 참, 쉿, 110
	그가 맞아요. 장점은 드러날 테고, 그러면 끝이죠.
	(그들은 옆으로 움직이고, 베네디크와 베아트리스가 앞

85행 필레몬
수수한 행인으로 변장한 채 자신의 초가집에 찾아온 조브와 머큐리를 환대한 프리기아의
늙은 농부.

으로 나온다.)

베아트리스	누가 그렇게 말해 줬는지 얘기 안 할 거예요?
베네디크	예, 용서해 주셔야겠습니다.
베아트리스	당신이 누군지도 얘기 안 해 줄 거예요?
베네디크	지금은 안 됩니다.
베아트리스	난 거만한 사람이고 뛰어난 기지는 『즐거운 얘기 백 편』에서 가져왔다! 그렇게 말한 사람은, 글쎄, 베네디크 씨랍니다.
베네디크	그게 누군데요?
베아트리스	꽤 잘 아실 거라고 확신해요.
베네디크	몰라요, 정말.
베아트리스	그가 당신을 웃긴 적이 한 번도 없었나요?
베네디크	부탁인데, 그게 누굽니까?
베아트리스	그야, 군주님의 광대, 아주 둔한 바보로 유일한 재주는 말도 안 되는 비방을 지어내는 거죠. 방탕한 자들만 그를 즐기고, 그들이 추천하는 것도 그의 기지가 아닌 악의랍니다. 왜냐하면 그는 사람들을 기쁘게 하면서 화를 돋우고, 그래서 그들은 그를 비웃으면서 때리니까. 그가 이 무리 가운데 있는 게 확실하니까 내게 말 걸어 주면 좋겠네요.
베네디크	그 신사를 알아보면 당신 말을 전하지요.
베아트리스	예, 그러세요. 그는 나에 대한 비유를 한두 개 그냥 터뜨릴 텐데, 그건 아마도 주목도 못 받고 비웃음도 못 일으켜 그를 우울증으로 내몰고, 그러면 그 바보는 그날 저녁을 못 먹을 테니까 메추라기 날개 하나는 아끼겠죠. 우린 앞선 사람들을 따라가야 해요.

115

120

125

130

135

118~119행 즐거운 ... 편
당시에 유행했던 조잡한 우스개 묶음. (RSC)

헛소문에 큰 소동

베네디크	좋은 일은 다 따라야죠.
베아트리스	아뇨, 그들이 나를 어디든 나쁜 데로 인도하면 난 다음 춤 동작에서 떠날 거예요.

(춤춘다. 돈 존, 보라키오, 클라우디오만 남고 모두 퇴장)

돈 존	형님은 헤로를 좋아하는 게 분명해, 그래서 그녀의 아버지에게 그 말을 꺼내려고 그를 데려갔어. 아가 씨들은 그녀를 따라가고 가면은 하나만 남았군.	140
보라키오	(돈 존에게 방백) 저게 클라우디오랍니다. 그의 몸가 짐으로 알죠.	
돈 존	베네디크 씨 아닙니까?	145
클라우디오	잘 아시네요. 그 사람입니다.	
돈 존	당신은 내 형님의 사랑을 아주 많이 받아요. 그는 헤로를 좋아한답니다. 부탁인데 그를 좀 떼놓아 주 시오, 그녀는 그의 출신에 못 미친답니다. 당신은 이 일에서 충성스러운 사람 역을 할 수 있소.	150
클라우디오	그가 그녀를 사랑하는지는 어떻게 아시죠?	
돈 존	그의 애정 맹세를 들었어요.	
보라키오	저도요, 그리고 그는 오늘 저녁에 그녀와 결혼할 거 라고 맹세하셨어요.	
돈 존	자, 우린 만찬장으로 가 볼까.	155

(클라우디오만 남고 모두 퇴장)

클라우디오	난 이렇게 베네디크라고 하며 답하지만
	클라우디오의 귀로 이 나쁜 소식을 듣는다.
	분명코, 군주님은 자신을 위하여 구애해.
	우정은 사랑의 기능과 업무만 빼놓고
	다른 모든 일에서는 변하지 않는다.	160
	그러므로 연인은 다 자기 혀를 쓰게 하라.
	모든 눈은 자신을 위하여 협상하고

	대리인을 믿지 마라. 미모는 마녀이고	
	그 마력에 맞선 신의, 녹아서 열정이 되니까.	
	이건 내가 의심치 않았던 사건이고	165
	매시간 입증된다. 그러므로 안녕, 헤로!	
	(베네디크 다시 등장.)	
베네디크	클라우디오 백작.	
클라우디오	맞아, 그 사람이야.	
베네디크	자, 나와 함께 갈 거야?	
클라우디오	어디로?	170
베네디크	바로 옆의 버드나무로, 백작님, 자네 일로 말이야.	
	자넨 그 버들가지 화관을 어떤 식으로 지닐 거야?	
	고리업자 금줄처럼 목에다? 아니면 부관의 띠처럼	
	팔에다? 자넨 어떻게든 그걸 지녀야 해, 군주님이	
	자네의 헤로를 얻어 주셨으니까.	175
클라우디오	그녀를 즐기시기 바라네.	
베네디크	아니, 정직한 소 장사들처럼 말하는군, 그들은 거세	
	한 소를 그렇게 판다네. 하지만 자넨 군주님이 자넬	
	그런 식으로 도와줬을 거라고 생각했어?	
클라우디오	제발 떠나 주게.	180
베네디크	하, 이젠 맹인처럼 주먹을 휘두르네! 자네 음식을	
	훔친 건 소년인데 기둥을 때리려 하는군.	
클라우디오	그렇게 못 하겠다면, 내가 가겠네. (퇴장)	
베네디크	아아, 가엾어라, 다친 새. 이제 사초 속으로 기어 들	
	어가겠군. 근데 나의 베아트리스 아가씨가 나를 알	185
	아봐야 하는데 모르다니! 군주님의 광대 ─ 하! 난	
	유쾌하니까 그런 이름으로 통할 수도 있지. 그래, 하	

172행 버들가지 화관
버림받은, 또는 그냥 외로운 연인들의 상징이었다. (아든)

헛소문에 큰 소동

지만 그럼 난 나 자신에게 잘못하는 거야. 난 그런
평가를 받진 않아. 그건 베아트리스가 신랄하지만
저급한 성질로 자기가 모두를 대변한다고 주장하면 190
서 나를 그렇게 표현하기 때문이야. 좋아, 할 수 있
는 만큼 복수해 줄 거야.

(돈 페드로, 헤로와 레오나토 등장.)

돈 페드로 근데, 베네디크 군, 백작은 어디 있나? 그를 봤어?

베네디크 참말로, 전하, 제가 소문 여사 역을 좀 했답니다. 전
그가 여기에 수렵장 오두막처럼 우울하게 서 있는 195
걸 알고는 말하기를, 사실대로 말했다고 여기는데,
전하께서 이 젊은 아가씨의 호의를 얻어 냈다고 한
다음, 버드나무로 같이 가 주겠다고 제안했죠. 화관
을 만들어 주거나, 매를 맞아 싸니까 곤장을 하나
엮어 주려고요. 200

돈 페드로 매를 맞아? 잘못한 게 뭔데?

베네디크 어린 학생의 명백한 과오지요. 새둥지를 발견하고는
너무 기뻐서 그걸 동무에게 보여 줬더니 그가 그걸
훔친다고 하는 것 말입니다.

돈 페드로 자넨 신뢰의 행위를 과오로 만들 텐가? 과오는 205
훔치는 자에게 있네.

베네디크 그럼에도 그 곤장을 만들었으면 쓸모없진 않았을
것이고, 화관도 마찬가지였을 겁니다. 그 화관은
그 자신이 쓸 수 있었고, 곤장은 그의 새둥지를
훔쳤다고 제가 알고 있는 당신에게 그가 내릴 수 210
있었을 테니까요.

돈 페드로 난 그들에게 노래만 가르친 다음 주인에게 되돌려
줄 것이네.

베네디크 그들이 당신의 말씀에 노래로 화답한다면 당신은

	실로 정직하게 말씀하십니다.
돈 페드로	베아트리스 아가씨가 자네와 싸울 일이 있다고 해.
	그녀와 춤췄던 신사가 그녀에게 말하기를, 자네가
	그녀에게 큰 상처를 줬다고 했다네.
베네디크	오, 그녀는 저를 목석도 못 견딜 만큼 학대했어요!

돈 페드로   베아트리스 아가씨가 자네와 싸울 일이 있다고 해.

푸른 잎이 하나만 달려 있는 참나무라도 그녀에게 220
대꾸했을 겁니다. 바로 제 가면조차 생명을 얻어 그
녀를 꾸짖기 시작했어요. 그녀는 저를 본인인 줄 모
르고, 군주님의 광대라고, 극심한 해동기보다 더
따분하다면서 농담을 어찌나 잽싸게 연거푸 던지는 225
지 전 군대 전체의 화살이 저를 향해 날아오는 표적
지 확인자처럼 서 있었어요. 그녀 말은 마디마디 비
수처럼 찔러요. 그녀의 숨결이 그녀의 형용구처럼
무시무시하다면 그녀 가까이엔 못 살아요, 북극성
까지도 오염시킬 겁니다. 전 그녀가 아담이 탈선하
기 전에 넘겨받은 모든 걸 가졌대도 결혼하지 않겠 230
어요. 그녀는 헤르쿨레스에게 꼬치를 돌리게 하고,
예, 자기 곤봉을 쪼개 불을 피우게도 했을 겁니다.
자, 그녀 얘긴 마십시오, 당신은 그녀가 잘 치장한
저승의 여신 아테란 걸 아실 테니까. 맹세코 전 어떤
학자가 그녀에게 마법을 걸었으면 좋겠어요. 왜냐하 235
면 그녀가 지상에 있는 한 인간은 지옥에서도 성역
에서처럼 조용히 살 수 있는 게 확실하고, 그래서 사
람들은 거기로 가려고 일부러 죄를 지을 테니까요. —
진짜로 모든 불안, 공포와 소란이 그녀를 따른답니다.

(클라우디오와 베아트리스 등장.)

214행 그들
아마도 레오나토와 헤로를 가리키는 것 같다. "노래"는 결혼 합의. (아든)

돈 페드로	저 봐, 그녀가 와.	240
베네디크	전하, 저를 무슨 임무로든 이 세상 끝으로 보내 주시	

돈 페드로　저 봐, 그녀가 와.　240

베네디크　전하, 저를 무슨 임무로든 이 세상 끝으로 보내 주시
겠습니까? 전 이제 당신이 꾸며 낼 수 있는 가장 작
은 심부름이라도 시켜 주시면 지구 반대편까지도
갈 겁니다. 전 이제 아시아의 가장 먼 구석에서 이쑤
시개를 가져오고, 아비시니아 황제의 발 크기를 알　245
아 오며, 저 위대한 칸의 수염 한 올을 가져오겠습니
다. 이 하르퓨이아와 세 마디 대화를 나누느니 차라
리 저를 피그미들에게 무슨 전갈이든 전하게 해 주
십시오. 시키실 일 없는지요?

돈 페드로　없네, 자네와 즐거이 함께 있기만 바라.　250

베네디크　맙소사, 전하, 전 이 음식 안 좋아해요. 이 독설가는
견딜 수 없답니다!　　　　　　　　　　　(퇴장)

돈 페드로　어서 와, 아가씨. 넌 베네디크 군의 마음을 잃었어.

베아트리스　사실은, 전하, 그는 그걸 제게 잠깐 빌려줬고, 전 하
나인 그의 홑 마음에 이자를 얹어 겹으로 돌려줬답　255
니다. 아 참, 그는 전에도 한 번 눈속임 주사위로 제
게서 그걸 얻어 간 적 있었어요. 그러니 전하께선 제
가 그걸 잃었다고 하실 수도 있답니다.

돈 페드로　넌 그를 확 눌러 놨어, 아가씨, 확 눌러 놨어.

베아트리스　그가 저를 그렇게 하지는 않길 바랍니다, 전하, 그럼　260
전 바보들의 어미가 될 테니까요. 저에게 찾아보라
하셨던 클라우디오 백작을 데려왔습니다.

돈 페드로　아니, 왜 그래, 백작? 뭣 때문에 우울한가?

231행 헤르쿨레스
열두 가지 난제를 해결한 그리스의 영웅.
234행 아테.
그리스 신화에서 악의, 망상, 파멸,
어리석음의 여신.

245행 아비시니아
에티오피아의 옛 이름.
247행 하르퓨이아
미녀의 몸과 머리에 독수리의 날개와
발톱을 가진 괴수.

클라우디오	우울하지 않습니다, 전하.
돈 페드로	그렇다면 아픈가?

265

클라우디오	그런 것도 아닙니다.

베아트리스   백작은 우울하지도 아프지도 즐겁지도 좋지도 않고 —
그냥 떫은 백작, 땡감처럼 떫고 질투하는 안색의 그
무엇이랍니다.

돈 페드로   참말로, 아가씨, 네 해석이 맞는 것 같아. 만약에 그   270
렇다면 난 그의 소견이 틀렸다고 맹세할 테지만 말
이네. 자, 클라우디오, 난 자네 이름으로 구애했고,
고운 헤로를 얻었네. 그녀 아버지에게도 말을 꺼냈
고 승낙도 받았어. 결혼 날짜를 정하고 큰 기쁨 누
리기를!   275

레오나토   백작, 내 딸을 받게, 또 그녀와 함께 내 재산도. 전하
께서 맺어 주신 혼인이고 주님도 축복하시네.

베아트리스   말하세요, 백작, 때가 왔어요.

클라우디오   침묵이 환희의 가장 완벽한 선구자인데 제가 얼마
나 행복한지 말할 수 있다면 그건 별로 그렇지 않다   280
는 말일 뿐이겠죠. 아가씨, 당신이 제 것이듯 저도
당신 것입니다. 저 자신을 당신에게 넘기고 그 교환
을 무조건 좋아합니다.

베아트리스   말해 봐, 동생, 못하겠거든 키스로 그의 입을 막아
그도 말을 못 하게 해.   285

돈 페드로   참말로 넌 유쾌한 마음씨를 가졌어.

베아트리스   예, 전하, 고맙게도 불쌍한 바보인 그것은 늘 걱정
없는 쪽에 서 있답니다. 동생이 그가 자기 마음에
든다고 귓속말을 하네요.

클라우디오	그러고 있어요, 처형.

290

베아트리스   맙소사, 인척이야! 이렇게 나만 빼고 모두 세상 속

에서 엮이는데 난 갈 곳이 없네. 난 구석에 앉아 '아

이고, 남편 복도 없지', 외쳐야겠어요.

돈 페드로   베아트리스, 내가 하나 얻어 줄게.

베아트리스   전 오히려 전하 부친의 소생 중 하나를 갖고 싶어요.   295

당신 닮은 동생은 없으셨나요? 부친께선 빼어난 남

편감들을 가지셨어요, 처녀가 그들을 손에 넣을 수

있다면 말이죠.

돈 페드로   나를 가질 텐가, 아가씨?

베아트리스   아뇨, 전하, 일용으로 또 하나를 가질 수 있는 게 아   300

니라면. 군주님은 제가 매일 입기엔 너무 비싸답니

다. 하지만 간청컨대 용서해 주세요, 전 실없이 오직

기쁨만 말하려고 태어났답니다.

돈 페드로   나에겐 너의 침묵이 가장 불쾌하고, 너에겐 유쾌한

게 가장 어울려. 넌 의심할 바 없이 유쾌한 시각에   305

태어났으니까.

베아트리스   아뇨, 전하, 제 어머니는 분명 소리를 질렀어요. 그렇

지만 그때 별 하나가 춤을 췄고 전 그 밑에서 태어났

답니다. (헤로와 클라우디오에게) 두 친척은 큰 기쁨

누리기를!   310

레오나토   질녀야, 내가 말했던 그 일을 좀 살펴주겠니?

베아트리스   죄송해요, 삼촌. (돈 페드로에게) 전하, 용서하십시오.

(퇴장)

돈 페드로   정말이지 재미있는 성격의 아가씨요.

레오나토   우울증 기색은 거의 없답니다, 전하. 쟤는 잘 때 말

고는 심각한 적이 절대 없고, 그럴 때도 줄곧 심각하   315

진 않답니다. 제 딸이 말하기를 쟤는 불행한 꿈을

자주 꾸었지만 웃으면서 깼다고 합니다.

돈 페드로   남편에 관한 얘기 듣는 걸 못 참는군요.

37

레오나토	오, 절대 못 참죠. 구혼자들을 다 놀리며 쫓아버린 답니다.
돈 페드로	베네디크에게는 빼어난 아내가 될 텐데.
레오나토	맙소사, 전하, 일주일만 결혼해 있으면 그들은 서로 자기 얘기 하느라고 미쳐 있을 겁니다.
돈 페드로	클라우디오 백작, 교회는 언제 갈 작정인가?
클라우디오	내일이요, 전하. 시간은 사랑의 예식이 다 끝날 때까지 목발로 걷는답니다.
레오나토	월요일까진 안 되네, 사랑하는 사위, 지금부터 딱 일주일 뒤인데 — 그 시간조차 모든 걸 내 마음껏 갖추기엔 너무 짧다네, 너무.
돈 페드로	이보게, 자넨 그 기간이 매우 길다고 고개를 젓고 있지만 장담컨대 클라우디오, 그 시간이 지루하게 흘러가진 않을 것이네. 난 그동안 헤르쿨레스의 위업 중 하나를 시도할 텐데, 그건 베네디크 군과 베아트리스 아가씨가 서로에게 산더미 같은 정을 쌓게 만드는 일이야. 난 이 둘을 기꺼이 맺어 주려 하고, 세 사람이 내 지시대로 조력만 해 준다면 성사될 것이라고 의심치 않는다네.
레오나토	전하, 전 열흘 밤을 못 잔다 하더라도 찬성입니다.
클라우디오	저도요, 전하.
돈 페드로	상냥한 헤로, 너도?
헤로	온당한 일이라면, 전하, 언니가 좋은 남편을 얻는 걸 돕기 위해 뭐든 하겠어요.
돈 페드로	베네디크는 내가 알기로 가장 희망 없는 남편은 아니야. 이렇게 그를 칭찬할 수 있지. 그는 고귀한 출신 인 데다 입증된 용맹성과 확인된 정직성을 지녔어. 난 너에게 언니를 어떻게 달래서 베네디크와 사랑

320

325

330

335

340

345

에 빠지게 만들지 가르쳐 주겠다. (클라우디오와
레오나토에게) 그리고 두 사람의 도움으로 베네디
크에게 계략을 써서 그의 재빠른 기지와 까다로운
입맛에도 불구하고 베아트리스와 사랑에 빠지도록   350
만들 것이오. 우리가 이걸 해낼 수 있다면 큐피드는
더 이상 궁수가 아니고, 그의 영광은 우리 것이네.
우리가 유일한 사랑의 신이니까. 같이 들어가면 내
의향을 말해 주겠네.

(함께 퇴장)

2막 2장

돈 존과 보라키오 등장.

돈 존　　그렇군, 클라우디오 백작이 레오나토의 딸과 결혼할
　　　　거란 말이군.

보라키오　예, 백작님, 하지만 제가 방해할 수 있어요.

돈 존　　어떤 장애, 어떤 방해, 어떤 훼방이든 내겐 약이 될
　　　　거야. 난 그에 대한 불만에 찌들어 있어서 그의 애정   5
　　　　을 어그러뜨리는 일은 뭐든지 나한테 딱 들어맞아.
　　　　넌 어떻게 이 결혼을 방해할 수 있는데?

보라키오　정직하게는 못 하고, 백작님, 그 어떤 부정직성도 드
　　　　러내지 않은 채 아주 은밀하게요.

돈 존　　어떡할지 짧게 얘기해 봐.   10

보라키오　제가 헤로의 시녀 마가레트의 호의를 얼마나 크게

2막 2장 장소
레오나토의 집.

입고 있는지는 일 년 전에 말씀드린 것 같은데요.

돈 존   기억하네.

보라키오   전 그녀에게 아무리 부적절한 밤중의 시각에라도
주인 아가씨의 창밖을 내다보게 할 수 있답니다.   15

돈 존   그걸 어떻게 살려서 이 결혼을 죽이지?

보라키오   그 독약은 당신이 조절하기 나름이죠. 군주 형님에
게 가서 가차 없이 말하십시오. 명망 높은 클라우디
오를 — 당신은 그의 명성을 정말 막강하게 떠받쳐
주는데 — 헤로같이 더러운 창녀와 결혼시킴으로   20
써 자신의 명예를 해쳤다고.

돈 존   내가 그걸 어떻게 입증하지?

보라키오   군주님을 속이고 클라우디오를 괴롭히며, 헤로를
망치고 레오나토를 죽일 만큼 충분히 입증하실 겁
니다. 무슨 다른 결과를 기대하십니까?   25

돈 존   오직 그들을 해코지하기 위해 난 무슨 노력이든 할
거야.

보라키오   그럼 가십시오. 적절한 때를 골라 돈 페드로와 클라
우디오 백작을 따로 불러 내어 둘에게 당신이 알기
로 헤로는 저를 사랑한다고 하십시오. 군주님과 클   30
라우디오 양쪽에 대한 어느 정도의 충심 때문에 —
예컨대 이 혼인을 성사시킨 형님의 명예와, 처녀의
탈을 쓴 여자에게 속을 것 같은 그분 친구의 명성을
아낀 나머지 — 이걸 밝히는 척하십시오. 그들은
그걸 시험해 보지 않고는 믿지 않을 겁니다. 실례를   35
들어 주는데, 그 정황 증거는 바로 제가 그녀 방 창
문 곁에 있는 걸 보면서 제가 마가레트를 '헤로'라고
부르는 걸 듣고, 마가레트가 저를 '클라우디오'라고
칭하는 걸 듣는 거랍니다. 그리고 결혼 예정일 바로

전날 밤 그들을 데려와서 이걸 보게 하시면 (그동 40
안 전 헤로가 출타하도록 일을 꾸밀 테니까.) 헤로
의 배신이 너무나 진짜처럼 보여서 질투는 확신으로
불리고, 모든 준비는 허사가 될 겁니다.

돈 존 이 일이 그 어떤 정반대 결과를 낳더라도 실천에 옮
기겠다. 일을 교묘하게 진행해라, 그럼 네 수고비는 45
천 다카트다.

보라키오 당신이 일관되게 고발을 해 주시면 제 간계 때문에
제가 창피하진 않을 것입니다.

돈 존 난 곧바로 가서 그들의 혼인날을 알아보겠다.

(함께 퇴장)

2막 3장

베네디크 홀로 등장.

베네디크 얘야!

(시동 등장.)

시동 주인님.

베네디크 내 방 창가에 책이 한 권 있다. 그걸 여기 정원으로
가져와.

시동 전 이미 여기에 있는데요. 5

베네디크 알아, 하지만 넌 여기서 나갔다가 다시 왔으면 좋겠
구나. (시동 퇴장)

참으로 놀라워, 한 사람이 다른 사람이 사랑에 골

2막 3장 장소
레오나토의 정원.

몰하는 행동을 할 때 얼마나 큰 바보가 되는지 보면
서, 타인들의 그런 얕은 바보짓을 비웃은 뒤에 본인 10
이 사랑에 빠져 자기 조롱의 주제가 되다니. 그런데
그런 사람이 클라우디오다. 내가 알기로 그에게 음
악이라곤 고적대밖에 없던 때가 있었는데 이젠 오
히려 작은 북과 피리 소리를 듣고 싶어 한다. 내가
알기로 그는 이십 리를 걷더라도 훌륭한 갑옷을 보 15
고 싶어 했는데 이젠 새 윗도리의 모양을 잡느라고
열흘 밤을 새우려 해. 그는 정직한 남자이자 군인으
로서 솔직하고 적절하게 말하곤 했는데 이젠 만연
체로 돌아섰어. 그의 낱말들은 아주 환상적인 향연,
그저 그만큼 많은 낯선 요리일 뿐이다. 나도 그렇게 20
변해서 그런 눈으로 볼 수 있을까? 알 수 없지만 안
그럴 것 같다. 내가 사랑 때문에 굴로 바뀌지 않으리
란 장담은 못 하지만 그걸 걸고 맹세컨대, 사랑이
나를 굴로 만들 때까지는 그가 나를 그런 바보로
만드는 일은 절대 없을 거다. 어떤 여자는 곱다, 그 25
래도 난 잘 지내. 또 다른 여자는 현명하다, 그래도
난 잘 지내. 또 다른 여자는 고결하다, 그래도 난 잘
지내. 하지만 모든 미덕이 한 여자 안에 모이기 전까
지는 한 여자가 내 호감을 얻지는 못할 거야. 그녀는
부자여야 해, 분명히. 현명해야 해, 안 그럼 나와는 30
상관없어. 고결해야 해, 안 그럼 절대 사려 하지 않
을 거야. 고와야 해, 안 그럼 절대 안 쳐다볼 거야.
온순해야 해, 안 그럼 내 곁에 오지 마. 고귀해야 해,
안 그럼 천사라도 소용없어. 대화도 잘하고 음악 실
력도 빼어나며 머리칼은 하느님 마음에 드는 색깔이 35
어야 해. 하! 군주님과 사랑꾼이다. 정자 안에 숨어

야지.   (물러난다.)

(돈 페드로, 레오나토, 클라우디오, 그리고 발사자,

악사들과 함께 등장.)

돈 페드로 　자, 우리 이 음악을 들어 볼까?

클라우디오 　예, 전하. 저녁은 화음을 장식해 주려고

　　　　　　일부러 숨죽인 것처럼 참으로 조용해요!　　　　　40

돈 페드로 　(클라우디오와 레오나토에게 방백)

　　　　　　베네디크가 어디에 숨었는지 봤는가?

클라우디오 　(방백) 예, 전하, 아주 잘 봤어요. 음악이 끝나면

　　　　　　이 어린 여우에게 한 푼어치 던져 주죠.

돈 페드로 　자, 발사자, 우린 그 노래를 또 듣겠다.

발사자 　　오, 전하, 이렇게 안 좋은 목소리로 음악을　　　　　45

　　　　　　한 번 이상 모독하진 않게 해 주십시오.

돈 페드로 　자신의 완벽함을 낯설게 만드는 건

　　　　　　언제나 빼어나단 증거인 셈이지.

　　　　　　더는 구애 않도록 제발 노래 부르게.

발사자 　　구애 말씀 하시니까 노래하겠습니다.　　　　　　50

　　　　　　구애할 땐 많이들 자격 미달 여인에게

　　　　　　청혼을 시작하나, 그래도 구애하고

　　　　　　그래도 사랑 맹세 하니까요.

돈 페드로 　　　　　　　　　　　　아니, 제발,

　　　　　　만약에 더 길게 논증을 하려거든

　　　　　　소리로 해 보게.

발사자 　　　　　　　　제 소리는 한 소리도　　　　　　　55

　　　　　　들을 게 없다는 걸 소리 앞서 아십시오.

돈 페드로 　아니, 이 사람의 말이 바로 흰소리군.

　　　　　　소리를 노래해, 참말로, 그뿐이야! (발사자가 연주한다.)

베네디크 　아, 천상의 곡조다! 이제 그의 영혼은 황홀경에 빠

졌어! 말총 때문에 인간의 영혼이 몸 밖으로 나가 60
다니 이상하지 않은가? 글쎄, 무어라 해도 내 취향
은 사냥꾼 뿔피리야.

발사자   (노래한다.)

슬퍼 마요, 아가씨들, 슬퍼 마요,
  남자들은 늘 속여 왔답니다.
한 발은 바다에, 한 발은 땅에 두고 65
  무엇에도 충실한 적 없었어요.
그러니 그렇게 슬퍼 말고 놔 줘요,
  그런 다음 유쾌하고 상쾌하게
비탄하는 그 소리를 모두 다
  '어머나, 오호호'로 바꿔요. 70
그렇게 지겹고 무거운 노래는
  이제 그만, 이제 그만 불러요.
여름 잎이 무성했던 처음부터
  남자들의 속임수는 늘 그랬답니다.
그러니 그렇게 슬퍼 말고 놔 줘요, 75
  그런 다음 유쾌하고 상쾌하게
비탄하는 그 소리를 모두 다
  '어머나, 오호호'로 바꿔요.

돈 페드로   참말이지, 좋은 노래야.

발사자   그런데 가수는 별로죠, 전하. 80

돈 페드로   뭐? 아냐, 아냐, 정말로. 임시방편으로는 충분히 잘
불렀어.

베네디크   (방백) 만약 그가 개인데 저렇게 울부짖었다면 목
매달렸을 거야. 그리고 저 나쁜 목소리가 재앙의 징
조는 아니길 신께 빈다. 난 차라리 밤 까마귀 울음 85
을, 그 뒤에 무슨 역병이 생기든 기꺼이 들었을 거야.

돈 페드로	그렇지, 아 참 — 듣고 있나, 발사자? 부탁인데 빼어
	난 음악을 좀 가져오도록 해, 내일 밤 헤로 아가씨
	방 창문 근처에서 쓰려고 하니까.
발사자	가능한 한 최고를 가져오죠, 전하.

돈 페드로	그리하게. 잘 가. (발사자 퇴장)
	이리 와요, 레오나토. 오늘 내게 했던 말이 뭐였지
	요? 베아트리스 질녀가 베네디크 군을 사랑하고 있
	었단 말입니까?
클라우디오	(방백) 오, 예, 살금살금 다가가요, 새는 앉아 있어
	요. (목소리를 높인다.) 전 그 아가씨가 누굴 사랑할
	거라고는 전혀 생각 못했는데.
돈 페드로	그럼, 나도 그랬지. 하지만 가장 놀라운 건 그녀가
	겉으로는 완전히 혐오하는 것 같은 행동을 늘 보였
	던 베네디크 군에게 그토록 혹했다는 사실이야.
베네디크	그게 가능해? 바람이 그쪽으로 분단 말이야?
레오나토	정말이지, 전하, 전 어떻게 생각해야 할지 모르겠습
	니다. 하지만 그녀가 그를 열광적으로 사랑한다는
	사실, 그건 생각의 무한성을 넘어섰답니다.
돈 페드로	혹시 그녀가 그런 척하는지도 모르오.
클라우디오	참말로, 아마도.
레오나토	맙소사! 척해요? 그녀가 드러내는 실제 연정과 그렇
	게나 비슷한 가짜 연정은 결코 없었답니다.
돈 페드로	아니, 그녀가 연정을 어떻게 표시하는데요?
클라우디오	(방백) 미끼를 잘 꿰세요, 고기가 물 겁니다!
레오나토	어떻게 표시하느냐고요, 전하? 그녀는 앉아서 —
	자넨 내 딸에게서 그 모습을 전해 들었어.
클라우디오	진짜로 전해 줬어요.
돈 페드	제발, 그게 어떤 모습인데? 자넨 날 놀라게 해! 난

	그녀의 마음이 그 어떤 애정의 총공세에도 끄떡없을	115
	거라고 생각했는데.	
레오나토	저도 그랬을 거라고 맹세했을 겁니다, 전하, 특히	
	베네디크의 공세에는.	
베네디크	저 흰 수염 난 친구가 하는 말만 아니라면 난 이게	
	술수라고 여겼을 거야. 술책이란 놈이 저런 어르신	120
	안에 숨어 있을 수는 없어, 분명해.	

레오나토 저도 그랬을 거라고 맹세했을 겁니다, 전하, 특히 베네디크의 공세에는.

베네디크 저 흰 수염 난 친구가 하는 말만 아니라면 난 이게 술수라고 여겼을 거야. 술책이란 놈이 저런 어르신 안에 숨어 있을 수는 없어, 분명해.

클라우디오 (방백) 그는 감염됐어요. 계속해요!

돈 페드로 그녀가 자기 애정을 베네디크에게 알렸나?

레오나토 아뇨, 또한 절대 그러지 않겠다고 맹세한답니다. 그 게 그녀의 고통이죠.

클라우디오 그건 진짜 사실이고, 따님이 그렇다고 말합니다. 그 녀는 '그를 그토록 자주 경멸하며 마주쳤던 내가 그 를 사랑한단 말을 써 보내?' 그런답니다.

레오나토 그녀는 그 말을 지금 그에게 글을 쓰기 시작하면서 한답니다. 왜냐하면 그녀는 밤에 스무 번씩이나 일 어나 종이 한 장을 채울 때까지 거기에 잠옷 바람으 로 앉아 있을 테니까요. 제 딸애가 우리에게 모든 걸 말해 줘요.

클라우디오 지금 종이 얘기를 하시니까 따님이 우리에게 말해 준 익살맞은 사건 하나가 기억나요.

레오나토 오, 베아트리스가 거기에 글을 쓰고 나서 다시 읽어 보니까 거기에 그녀와 베네디크가 포개져 있는 걸 알았다는 얘기지?

클라우디오 그겁니다.

레오나토 오, 그녀는 그 편지를 천 갈래로 찢었고, 그녀를 멸 시할 거라고 알고 있는 사람에게 글을 쓸 만큼 염치 없는 자신을 꾸짖었지. '난 그를' 그녀 말이, '내 기

분에 따라서 판단하고 있어, 그가 편지를 보내와도
난 그를 조롱해야 하는데. — 맞아, 그를 사랑하더
라도 그래야 하는데 말이야.'   145

클라우디오   그러고는 무릎 꿇고, 울고, 흐느끼고, 가슴 치고, 머
리칼 뜯고, 기도하고 저주하죠, '오, 귀여운 베네디
크! 신은 제게 인내심을 주소서!'라고.

레오나토   정말 그런답니다, 딸애의 말로는. 그리고 그 광란이
너무 심해 딸애는 때로 그녀가 자기 자신에게 절망 150
적인 폭행을 가하지나 않을까 걱정한답니다. 이건
진짜랍니다.

돈 페드로   그녀가 그걸 못 밝히겠다면 다른 누가 베네디크에게
알려 주는 게 좋겠군.

클라우디오   무슨 목적으로요? 그는 그걸 그저 오락거리로 삼아 155
그 아가씨를 더욱 심하게 고문할 텐데요.

돈 페드로   만약에 그런다면 그의 목을 매다는 게 적선일 거야.
그녀는 빼어나게 귀여운 아가씨고, 또 전혀 의심할
여지없이 고결해.

클라우디오   게다가 대단히 현명해요.   160

돈 페드로   베네디크를 사랑하는 일 말고는 매사에 그렇지.

레오나토   오, 하느님, 지혜와 혈기가 그토록 여린 몸 안에서
싸우면 십중팔구 혈기가 승리한답니다. 전 그녀가
가엾어요, 삼촌이자 보호자로서 정당한 이유가 있
으니까 말입니다.   165

돈 페드로   난 그녀가 이 맹목적인 사랑을 내게 줬으면 좋겠소.
나라면 다른 모든 고려 사항을 제쳐 놓고 그녀를 내
반려자로 삼았을 거요. 당신이 베네디크에게 그렇게
말하고 반응을 들어봐 주시오.

레오나토   그게 좋을 것 같습니까?   170

클라우디오	헤로가 생각하기에 그녀는 분명 죽을 거랍니다. 그
	가 자기를 사랑하지 않으면 죽을 거라고 하고, 또
	자신의 사랑을 알리기 전에 죽을 거라고도 하며,
	만약 그가 구애하면 자신의 습관적인 심술을 좀이
	라도 덜 부리느니 차라리 죽겠다고 하니까요. 175
돈 페드로	잘하고 있군. 그녀가 자신의 사랑을 제안하면 그는
	그걸 멸시할 가능성이 매우 크네, 그 남자에겐 다들
	알다시피 경멸하는 기질이 있으니까.
클라우디오	그는 아주 잘생긴 남자랍니다.
돈 페드로	진짜 훌륭한 외모를 가졌지. 180
클라우디오	맹세코, 제 생각엔 아주 현명하기도 하죠.
돈 페드로	진짜로 그는 지능 비슷한 불똥을 좀 보이기도 해.
클라우디오	또한 용맹하다고도 생각합니다.
돈 페드로	헥토르처럼, 틀림없어. 또한 싸움을 관리하는 데 있
	어서도 현명하다고 말할 수 있네. 대단히 신중하게 185
	피하거나 참으로 기독교인다운 두려움을 가지고 시
	작하니까.
레오나토	그가 정말 신을 두려워한다면 필연코 평화를 지켜야
	하고, 평화를 깬다면 반드시 두려움과 떨림으로 싸
	움에 임해야죠. 190
돈 페드로	그는 그렇게 할 거요, 그 남자는 정말 신을 두려워하
	니까. 상스러운 농담을 좀 하면서 아무리 안 그래
	보이더라도 말이오. 근데 당신 질녀는 안됐군요.
	우리가 베네디크를 찾아서 그녀의 사랑을 말해 줄
	까요? 195
클라우디오	절대 말해 주지 마십시오, 전하. 그녀가 충고를 잘
	받아서 그걸 삭이도록 하시죠.
레오나토	아니, 그건 불가능해. 그녀의 심장이 먼저 삭아 버

릴지도 모르니까.

돈 페드로　글쎄, 이 얘기는 당신 딸에게 더 듣기로 합시다. 그 　　200
　　　　　동안엔 그게 식도록 해 주죠. 난 베네디크를 많이
　　　　　좋아하니까 그가 그토록 멋진 아가씨를 얻을 자격
　　　　　이 얼마나 없는지를 겸손하게 자성하여 알았으면
　　　　　좋겠소.

레오나토　전하, 걸으시렵니까? 식사가 준비됐습니다.　　　　205

클라우디오　(돈 페드로와 레오나토에게)
　　　　　이래도 그가 그녀에게 혹하지 않는다면, 저는 제 예
　　　　　견을 절대 믿지 않을 것입니다.

돈 페드로　(레오나토와 클라우디오에게)
　　　　　그녀에게도 꼭 같은 그물을 치도록 하고, 그 일은 당
　　　　　신 딸과 시녀가 함께 처리해야겠소. 재미는 그 둘이
　　　　　서로의 미혹에 대해 같은 의견을 가졌는데 그런 게 　210
　　　　　아닐 때 생길 거요. 내가 보고 싶은 건 그 장면으로,
　　　　　그건 순전히 무언극이 될 것이오. 그녀를 그에게 보
　　　　　내 식사하러 오게 합시다.

　　　　　　　　　　　　　　　(베네디크만 남고 모두 퇴장)

베네디크　(나오면서)
　　　　　이건 계교일 리가 없다. 대담은 진지하게 진행됐고,
　　　　　그들은 이 사태의 진실을 헤로에게 들었어. 그들은 　215
　　　　　이 아가씨를 동정하는 것 같다. 그녀의 애정은 최고
　　　　　조에 이른 것 같고. 나를 사랑해? 이런, 꼭 보답해야
　　　　　지. 난 내가 어떻게 평가받는지 들었다, 그들은 내가
　　　　　사랑이 그녀 쪽에서 오는 걸 감지하면 오만하게 굴
　　　　　거라고 하니까. 또 그녀는 사랑의 표시를 조금이라 　220
　　　　　도 보이느니 차라리 죽을 거라고도 한다. 난 결혼할
　　　　　생각은 한 번도 안 해 봤다. 난 오만하게 보여선 안

돼, 험담을 듣고 고칠 수 있는 사람들은 행복하니까. 그들은 이 아가씨가 곱다고 하는데 — 그건 진실이고 내가 증언할 수 있다. 또한 고결하다고 하는 225 데 — 맞는 말이고 난 그걸 반증할 수 없다. 또한 나를 사랑하는 것 빼놓고는 현명하다고 한다. 참말로 그건 그녀의 지능이 증가해서도 아니고 — 그녀가 어리석다는 확증도 아니다, 왜냐하면 난 그녀를 끔찍하게 사랑할 테니까. 난 아주 오랫동안 결혼을 욕 230 해 왔기 때문에 아마도 좀 이상한 신소리와 재치의 파편을 얻어맞을지도 모른다. 하지만 변하는 게 식욕 아닌가? 우린 늙었을 땐 못 견디는 음식을 젊었을 땐 좋아해. 우리가 신소리와 말씀과 이런 두뇌 공포탄이 겁나서 자기 기질을 등져야 해? 아니, 세 235 상은 사람으로 채워야 해. 내가 총각으로 죽겠다고 했을 때 난 내가 결혼할 때까지 살 거라곤 생각 못 했어.

(베아트리스 등장.)

베아트리스가 오는군. 이 낮에 맹세코, 고운 아가씨야! 그녀에게 사랑의 표식이 정말로 눈에 띄네. 240

베아트리스   식사하러 들어오란 말을 내 의사에 반하여 전하러 왔어요.

베네디크   고운 베아트리스, 수고해 줘서 고마워요.

베아트리스   난 그 고마움을 받을 만한 수고를 당신이 고맙다고 하는 수고만큼도 하지 않았어요. 이게 수고스러운 245 일이라면 오지 않았을 거예요.

베네디크   그럼, 이 심부름에 기쁨을 느끼나요?

베아트리스   예, 칼끝에 얹어서 갈까마귀 한 마리를 질식시킬 딱 그만큼. 식욕이 없으신가요? 잘 있어요.   (퇴장)

베네디크	하! '식사하러 들어오란 말을 내 의사에 반하여 전	250
	하러 왔어요.' — 여기엔 이중의 뜻이 있다. '난 그	
	고마움을 받을 만한 수고를 당신이 고맙다고 하는	
	수고만큼도 하지 않았어요.' — 그건 '내가 당신을	
	위해 하는 수고는 뭐든지 고맙단 말만큼 쉬워요.'	
	라고 하는 것과 꼭 같다. 내가 그녀를 동정하지 않	255
	는다면 난 악당이고 사랑하지 않는다면 유대인이	
	다. 가서 그녀의 초상화를 구해야겠다.　　(퇴장)	

3막 1장

혜로와 두 시녀, 마가레트와 우술라 등장.

혜로	아, 착한 마가레트, 거실로 달려가 봐.	
	베아트리스 언니가 군주님과 클라우디오,	
	그 둘과 거기에서 대담하고 있을 거야.	
	그녀 귀에 속삭여 줘, 나와 함께 우술라가	
	정원을 거닐며 온통 그녀 얘기만 한다고.	5
	네가 우리 대화를 엿들었다 하면서	
	가지 엮인 정자로 몰래 들어가라고 해.	
	그곳엔 해를 받아 무성한 인동이	
	그 해를 못 들게 해, 군주들에 의하여	
	오만해진 총신들이 그들의 오만을 키워 준	10
	그 힘에 맞서듯이. 그녀는 거기 숨어	
	우리 면담 들을 거야. 이게 네 임무야,	

3막 1장 장소
레오나토의 정원.

그걸 잘 수행하고 자리를 좀 비켜 줘.

마가레트 오시게 할게요, 제가 장담하건대 곧장요.   (퇴장)

헤로 자, 우술라, 베아트리스 언니가 왔을 때   15
우린 이 좁은 길을 아래위로 걸으면서
오로지 베네디크 얘기만 해야 해.
내가 그 이름을 말하거든 네 역할은
최고의 남자로 그를 칭찬하는 거야.
난 네게 베네디크의 베아트리스 상사병이   20
얼마나 깊은지 말해야 해. 이런 걸로
큐피드 꼬마는 소문만으로도 상처 주는
교묘한 화살을 만들어.

　　　(베아트리스 등장하여 숨는다.)

　　　　　　　　　　　　자, 시작해.
저기 베아트리스가 우리 담화 들으려고
댕기물떼새처럼 땅에 붙어 달리니까.   25

우술라 (헤로에게)
낚시의 가장 큰 즐거움은 물고기가
금빛 노로 은빛 물 가르며 위험한 미끼를
탐욕스레 삼키는 걸 보는 건데, 그렇게
우리가 낚고 있는 저 베아트리스는
바로 지금 인동덩굴 덮개 아래 숨었어요.   30
제가 맡은 대사는 걱정하지 마세요.

헤로 (우술라에게)
그러면 우리가 던지는 달콤한 가짜 미끼
그녀 귀가 하나도 안 놓치게 다가가자.

　　　(그들은 베아트리스가 숨은 곳으로 접근한다.)

— 아니, 정말, 우술라, 그녀는 너무나 거만해.
내가 아는 그녀의 기질은 바위산의 암 매만큼   35

수줍고 거칠어.

우술라   하지만 베네디크가
베아트리스를 완전 사랑하는 건 확실해요?

헤로   군주님도, 약혼한 서방님도 동감하셔.

우술라   그분들이 그것을 전해 달라 하셨어요?

헤로   그걸 알려 주라고 정말 간청하셨어.   40
근데 난 그들이 베네디크를 사랑한다면
그가 자기 애정과 씨름하길 바라고
베아트리스는 꼭 모르게 하라고 설득했어.

우술라   왜 그러셨어요? 그 신사도 베아트리스가
언젠가 눕게 될 침대만큼이나 완벽한   45
행운의 신방을 차지할 자격 있지 않나요?

헤로   오, 사랑의 신이여! 나도 그가 남자에게
허락되는 만큼은 받을 자격 있다고 봐.
하지만 자연은 베아트리스의 마음보다
더 오만한 성품으로 여자를 빚은 적 없었어.   50
그녀 눈은 쳐다보는 사물을 오해하며
모욕과 경멸로 반짝이고, 자신의 재치를
너무 높이 평가하여 남들이 하는 말은
모조리 약해 보여. 그녀는 사랑 못해,
애정의 형체나 윤곽도 못 그려 봐,   55
자기애가 아주 심해.

우술라   제 생각도 꼭 그래요.
그래서 그녀가 그의 사랑 아는 건
분명히 안 좋아요, 그걸 놀릴 테니까.

헤로   음, 맞아. 여태껏 내가 본 그 어떤 남자든 —
아무리 현명하고 고귀하며 젊고 잘생겼어도 —   60
그녀는 그이를 거꾸로 봐. 얼굴이 고우면

그 신사는 자기 여동생이라고 맹세하고,
검으면, 음, 자연이 괴짜를 그리면서
오점을 찍어 놨고, 키 크면 머저리 창대이고,
작으면 아주 잘못 깎아 놓은 마노이며,　　　　　　　65
말을 하면, 음, 온갖 것 떠벌이는 촉새이고,
조용하면, 음, 뭣에도 꿈쩍 않는 목석이지.
이렇게 그녀는 남자를 다 까뒤집으면서
솔직성과 가치로 그가 얻을 자격 있는
진실성과 미덕을 절대 인정 않으려 해.　　　　　　　70

우술라　　정말, 정말, 그런 트집 추천할 게 못 돼요.

헤로　　　그럼, 베아트리스처럼 아주 이상한 데다
완전 비정상이면 추천을 못 받지.
하지만 누가 감히 말해 주지? 내가 하면
날 놀려 없앨 거야. 오, 그녀는 나를 웃어　　　　　　　75
날릴 테고, 기지로 나를 깔아뭉갤 거야!
그러니 베네디크는 덮어 놓은 불처럼
한숨으로 소진되어 안으로 사그라지라고 해.
그것이 간지러워 죽는 것만큼이나 나쁜
조롱받아 죽는 것보다는 더 나은 죽음이야.　　　　　　　80

우술라　　그래도 말해 주고 뭐라고 하는지 들어 봐요.

헤로　　　아냐, 난 차라리 베네디크에게 가서
자신의 감정과 싸우라고 조언할래.
정말, 난 언니를 더럽힐 무해한 비방을
몇 가지 만들 거야, 나쁜 말 한마디가　　　　　　　85
호감에는 맹독이 될지도 모르니까.

우술라　　오, 언니에게 그런 잘못 범하진 마세요!
그토록 민첩하고 빼어난 기지를 가졌다고
평가받는 그녀가 베네디크 씨처럼

	보기 드문 신사를 거절할 만큼이나	90
	올바른 판단력이 없을 수는 없답니다.	
헤로	그 사람은 이태리의 유일한 남자야. ─	
	내 사랑 클라우디오는 언제나 빼놓고.	
우술라	부탁인데, 제 확신을 말했다고 저에게	
	화내진 마세요, 아가씨. 베네디크 씨는	95
	생김새로, 거동으로, 논쟁과 용맹으로	
	이태리를 통틀어 최고라고 하더군요.	
헤로	사실이야, 빼어난 명성을 가졌어.	
우술라	본인이 빼어나서 그것을 갖기 전에 얻었죠.	
	언제쯤 결혼하실 거예요, 아가씨?	100

헤로 그야, 매일 해, 내일 해! 자, 들어가자,
너에게 옷을 좀 보여 주고, 내일 내가
뭘 입는 게 최상일지 조언을 구하려 해.

우술라 (헤로에게)
걸렸어요, 장담해요! 잡았어요, 아가씨.

헤로 (우술라에게)
그렇다면 사랑은 우연이고, 큐피드는   105
누구는 화살로, 누구는 함정으로 사로잡아.

          (베아트리스만 빼고 모두 퇴장)

베아트리스 내 귀가 왜 불타지? 이것이 사실일까?
오만과 멸시로 내가 그리 비난받나?
경멸은 저리 가라, 처녀의 오만도 작별이다.
영광은 그런 것들 뒤에서는 못 살아.   110
베네디크, 쭉 사랑하세요, 다정한 그대 손에
내 거친 심장을 맡기며 보답할 거예요.
그대가 사랑하면 난 친절로 그대를 부추겨
우리 사랑 성스럽게 묶도록 할 거예요.

남들이 그대는 가치 있다 말하고, 나 또한

그것을 전해 들었을 때보다 더 믿어요.   (퇴장)

3막 2장

돈 페드로, 클라우디오, 베네디크와 레오나토

등장.

돈 페드로 난 자네의 결혼 첫날밤까지만 머물다가 아라곤 쪽
으로 가네.

클라우디오 허락해 주신다면, 전하, 제가 거기로 모시겠습니다.

돈 페드로 아닐세, 그건 새롭게 광나는 자네의 결혼에 애한테
새 옷을 보여 주면서 입지 못하게 하는 만큼이나 커   5
다란 얼룩이 될 것이네. 난 오직 베네디크의 동행만
부탁할 참이네, 그는 정수리에서 발바닥까지 온통
기쁨으로 차 있으니까. 그는 큐피드의 활줄을 두세
번 끊었고, 그래서 그 악동은 그를 향해 감히 활을
못 쏜다네. 그의 가슴은 종처럼 견고하고 혀는 그   10
추야, 가슴으로 생각하는 바를 혀가 말하니까.

베네디크 여러분, 전 옛날의 제가 아닙니다.

레오나토 나도 그렇네만, 자네가 더 우울한 것 같아.

클라우디오 그가 사랑에 빠졌길 바랍니다.

돈 페드로 제기랄, 변덕쟁이 같으니! 그에겐 진정으로 사랑에   15
감염될 진짜 피는 한 방울도 없어. 그가 우울하다면
돈이 없어서야.

3막 2장 장소
레오나토의 저택.

베네디크	치통이 있어서요.
돈 페드로	뽑아 버려.
베네디크	젠장! 20
클라우디오	욕은 나중에 하고 뽑기부터 먼저 해.
돈 페드로	뭐, 치통 때문에 한숨을 쉬어?
레오나토	고름이 고였거나 벌레가 먹었을 뿐인데.
베네디크	글쎄요, 고뇌야 누구든 극복할 수 있죠, 그게 있는
	사람만 빼놓고요. 25
클라우디오	그럼에도 그는 사랑에 빠졌어요.
돈 페드로	그에게 연정의 기색은 안 보여. 이색적인 변장에 대
	한 환상, 예컨대 오늘은 네덜란드인, 내일은 프랑스
	인이 되거나 — 아니면 허리 아래는 독일인처럼 나
	팔바지만 입고, 엉덩이 위로는 외투만 걸친 스페인 30
	사람처럼 동시에 두 나라 사람이 되는 게 아니라면
	말이지. 그가 이런 바보짓에 대한 환상을 가진 게
	아니라면 — 가진 걸로 보이는데 — 그는 자네가
	연정 바보처럼 보이길 바라는 사람은 아닐세.
클라우디오	그가 어떤 여자와 사랑에 빠진 게 아니라면 오래된 35
	징후는 못 믿을 것이겠죠. 그가 아침에 모자를 솔질
	한다. 그게 무슨 징조겠어요?
돈 페드로	그를 이발소에서 본 사람 있는가?
클라우디오	아뇨, 하지만 이발사 조수가 그와 함께 있는 건 눈에
	띄었고, 뺨 위의 옛 장식품은 이미 정구공을 채웠답 40
	니다.
레오나토	확실히, 수염이 없는 그가 전보다 더 젊어 보여.
돈 페드로	심지어 사향을 몸에 문지른다오. 그걸로 냄새 맡을
	수 있겠지요?
클라우디오	그건 이 향기로운 청년이 사랑에 빠졌단 말과 다름 45

없답니다.

돈 페드로　　그렇다는 가장 커다란 표시는 그의 우울증이네.

클라우디오　　그리고 언제 그가 세수를 하곤 했답니까?

돈 페드로　　맞아, 또는 화장을 했냐고? 난 그에 대해 사람들이　　　50
　　　　　　　하는 얘기를 듣고 있네.

클라우디오　　그뿐만 아니라 그의 장난기조차 때로는 구슬픈 류
　　　　　　　트 가락에 묻히고 때로는 거기에 좌우된답니다.

돈 페드로　　확실히 그가 심각하다는 얘기로군. 결론을, 결론을
　　　　　　　내리면 그는 사랑에 빠졌어.

클라우디오　　그뿐만 아니라 전 그를 사랑하는 사람도 압니다.　　　55

돈 페드로　　그건 나도 알고 싶네. 장담컨대 그를 모르는 사람이
　　　　　　　겠지.

클라우디오　　알아요, 그의 나쁜 점까지도, 또 그 모든 것에도 불
　　　　　　　구하고 그를 그리며 죽어 가요.

돈 페드로　　그러기보다는 그의 몸에 눌려 죽을 거야.　　　　　　60

베네디크　　하지만 이런 말로 그 치통은 못 고칩니다. (레오나토
　　　　　　　에게) 어르신, 저와 옆으로 좀 걸으시죠. 당신께 말
　　　　　　　씀드릴 명언 예닐곱 개를 검토했는데 이 익살꾼들은
　　　　　　　못 듣게 해야 합니다. (베네디크와 레오나토 퇴장)

돈 페드로　　맹세코, 그에게 베아트리스 얘기를 꺼내려 해!　　　65

클라우디오　　맞습니다. 지금쯤 헤로와 마가레트가 베아트리스를
　　　　　　　두고 각자의 역할을 했을 테니 이 곰 두 마리가 만
　　　　　　　나도 서로 물어뜯지는 않을 겁니다.

　　　　　　　　　　(서자 돈 존 등장.)

돈 존　　　군주 형님, 안녕하신지요!

돈 페드로　　좋은 오후야, 동생.　　　　　　　　　　　　　　70

돈 존　　　짬이 있으시면 제가 말 나누고 싶은데요.

돈 페드로　　둘이서?

돈 존	괜찮으시다면. 그러나 클라우디오 백작은 들어도 좋습니다, 그에 관해 얘기하려는 거니까.
돈 페드로	무슨 일인가?
돈 존	(클라우디오에게) 백작은 내일 결혼할 작정이오?
돈 페드로	그건 자네도 아는 바야.
돈 존	제가 아는 걸 그가 알았을 때 그럴지는 모르죠.
클라우디오	무슨 장애물이 있다면 부디 밝혀 주십시오.
돈 존	당신은 내가 당신을 안 좋아한다고 생각할 수 있소. 그 실상이 내가 지금 밝히려는 것으로 명백히 드러 나면 나를 좀 더 낫게 평가해 주시오. 형님께선 — 내 생각에 당신을 좋게, 극진히 여기는데 — 다가오 는 당신의 결혼이 성사되도록 도우셨지만, 그건 분 명 헛된 구혼, 헛된 노력이었어요.
돈 페드로	왜, 무슨 일로?
돈 존	그 말씀을 드리려고 왔는데, 그래서 거두절미하고 — 그녀는 너무 오랫동안 얘깃거리였으니까 — 그 아 가씨는 절개가 없답니다.
클라우디오	누가, 헤로가요?
돈 존	바로 그녀가, 레오나토의 헤로, 당신의 헤로, 모든 남자의 헤로가.
클라우디오	절개가 없어요?
돈 존	그것조차 그녀의 사악함을 표현하기엔 너무 좋은 말이오, 더 나쁘다고 할 수 있었으니까. 더 나쁜 명 칭을 생각해 내면 그녀를 거기에 맞춰 주겠소. 증거 가 더 나올 때까진 놀라지 마시오. 나와 같이 가기 만 하면 당신은 오늘 밤, 바로 그녀의 혼인 전 밤에 그녀 방 창문으로 들어가는 자를 볼 것이오. 그래도 그녀를 사랑하면 내일 결혼하시오. 하지만 마음을

75

80

85

90

95

100

	바꾸는 게 당신의 명예에는 더 적절할 거요.
클라우디오	이럴 수가 있나요?
돈 페드로	난 아니라고 생각할 거야.
돈 존	보고도 감히 못 믿겠다면 안다고 고백하지도 마시오. 따라오겠다면 충분히 보여 줄 테고, 더 보고 더 들은 다음 그에 따라 처리하시오.
클라우디오	오늘 밤 내가 그녀와 결혼하지 말아야 할 이유를 무엇이든 알게 된다면, 난 내일 결혼 모임에서 그녀에게 창피를 줄 것이오.
돈 페드로	나도 자네를 위해 그녀를 얻으려고 구애했으니 함께 그녀를 망신 주겠네.
돈 존	두 분이 제 증인이 될 때까지는 그녀를 더 헐뜯지 않겠습니다. 자정까지만 침착하게 행동하신 다음 결과가 저절로 드러나게 하시죠.
돈 페드로	오, 날이 참 안 좋게 바뀌었네!
클라우디오	오, 이상하게 불운에 가로막히네!
돈 존	오, 역병을 아주 잘 예방했네! 뒷일을 아시면 이렇게 말씀하실 겁니다. (함께 퇴장)

105

110

115

3막 3장

도그베리 순경과 그의 동료 베르제스,
조지 시코울과 휴 오트케이크를 포함한 자경단과 함께 등장.

도그베리	자네들은 착하고 바른 사람들인가?
베르제스	그래야지, 안 그러면 그들의 육신과 영혼은 불쌍하게도 천당으로 갈 테니까.

도그베리	아니, 그건 그들에게 너무 후한 벌일 거야. 만약 그
	들이 군주님의 자경단으로 선택된 것에 충성심을 5
	조금이라도 품었다면 말이지.
베르제스	좋아, 임무를 내리게, 이웃사촌 도그베리.
도그베리	첫째, 자네들은 순경으로서 최고의 무자격자가 누
	구라고 생각하나?
자경단원 1	휴 오트케이크 아니면 조지 시코울이요, 그들은 10
	읽고 쓸 줄 아니까.
도그베리	이리 오게, 이웃사촌 시코울. (시코울이 앞으로
	나선다.) 신은 자네를 훌륭한 이름으로 축복하셨네.
	얼굴이 잘생긴 건 우연의 선물이지만 읽고 쓰는 건
	타고나는 거라네. 15
시코울	그 양쪽을 순경님 —
도그베리	자네가 가졌어. 그렇게 대답할 줄 알고 있었어. 좋
	아, 자네 얼굴에 대해서는, 아, 신에게 감사하고 자
	랑하진 말게. 그리고 읽고 쓰는 것에 대해서는 그런
	허영이 필요 없을 때 드러내도록 하게. 자네는 여기 20
	에서 자경단의 순경으로 가장 몰지각하고 알맞은
	사람으로 간주되고 있네. 그러니 그 각등을 들게.
	(시코울 손에 각등을 쥐어 준다.) 이게 자네 임무야. 자
	네는 모든 떼돌이를 다 쥐포해야 해. 자넨 누구에게
	든 군주님의 이름으로 서라고 명해야 해. 25
시코울	서지 않으면 어쩌죠?
도그베리	그렇다면 주목하지 말고 가게 해 준 다음 곧바로
	나머지 자경단원들을 불러 모으고, 자네가 악당에

3막 3장 장소 5행 충성심
길거리. 불충.
3행 천당으로 8행 무자격자
지옥으로. 유자격자.

게서 벗어난 걸 신에게 감사드려.

베르제스 서라는 명을 받고도 서지 않는 자는 군주님의 백성 30
이 아냐.

도그베리 맞아, 그리고 그들은 오로지 군주님의 백성들만 손
대야 해. 자네들은 또한 길거리에서 시끄럽게 굴어
선 안 돼. 야경꾼이 재잘거리며 떠드는 건 가장 참
을 수 있고, 견딜 수 없는 일이니까. 35

야경꾼 저희는 말을 하느니 차라리 자겠습니다. 야경꾼에
게 어울리는 게 뭔지는 알아요.

도그베리 아, 자넨 노련하고 가장 조용한 야경꾼처럼 얘기하
는군. 난 잠자는 게 어째서 죄가 되는지 알지 못하
니까. 오직 자네들의 곤봉만 도둑맞지 않도록 조심 40
하게. 좋아, 자네들은 온 술집을 다 찾아가 취한 자
들은 다 자러 가라고 해야 하네.

자경단원 안 가겠다면 어쩌죠?

도그베리 그렇다면 술이 깰 때까지 내버려 둬. 그때도 더 나은
대답을 않거든, 그들은 자네가 생각했던 사람들이 45
아니라고 말해도 좋아.

자경단원 알았어요.

도그베리 도둑을 만나면 자네들의 직권으로 진실한 자가 아
라고 의심해도 좋아. 그리고 그런 종류의 인간들
은 상관을 적게 할수록, 암, 자네들의 정직성에 더 50
좋아.

야경꾼 그가 도둑이란 걸 알면 저희가 잡아야 하는 거 아

13행 이름
그의 이름 시코울은 값비싼 연료인 석탄을
뜻한다. (RSC)
16행 그 … 순경님
"바꿔 놨습니다."라고 말할 참이었다.

21행 몰지각하고
지각 있고.
24행 떼돌이 … 쥐포
떠돌이, 체포.

헛소문에 큰 소동

62

닙니까?

도그베리 맞았어, 직무로는 그럴 수 있지. 하지만 내 생각에 역청을 만지는 자는 더러워져. 자네들에게 가장 평 55 화로운 방법은 도둑을 정말 잡으면, 그가 본색을 드 러내어 자네들로부터 빠져나가게 하는 거야.

베르제스 동료인 자넨 늘 자비로운 사람으로 불렸어.

도그베리 맞았어, 난 개라도 내 맘대로 목매달고 싶지 않고, 정직성이 좀이라도 있는 인간은 더더욱 매달 거야.   60

베르제스 자네들은 밤중에 애 우는 소리를 들으면 유모를 불 러 걔를 달래라고 해야 해.

자경단원 유모가 자고 있어서 우리가 불러도 못 들으면 어쩌죠?

도그베리 그렇다면 조용히 떠나면서 애가 울어서 그녀가 깨도 록 해. 새끼가 울 때 듣지 못하는 암양은 송아지가   65 음매 할 때도 절대 대답하지 않을 테니까.

베르제스 꼭 맞는 말이야.

도그베리 임무는 이걸로 끝. 순경, 자네는 군주님 본인을 대 신할 거야. 자네가 밤에 군주님을 만나면 멈추라고 해도 좋아.   70

베르제스 아냐, 맹세코, 난 그렇게 못 할 것 같아.

도그베리 법령을 아는 사람이라면 누구든 오 실링 대 일로 내 기하지. 멈추라고 해도 좋아 — 아 참, 군주님이 원 하지 않고선 안 되네, 정말이지 야경꾼은 누구의 기 분도 상하게 해선 안 되니까. 그리고 누구를 억지로   75 멈추게 하는 건 범죄야.

베르제스 맹세코, 나도 그렇게 생각해.

도그베리 하, 하, 하! 자, 이보게들, 좋은 밤 보내게. 그리고 뭐

35행 있고
없고.

60행 매달 거야
안 매달 거야.

	든 중대한 일이 일어나면 날 불러. 동료들과 자신의
	비밀을 지키고, 좋은 밤 보내게. (베르제스에게)가, 80
	이웃사촌. (도그베리와 베르제스, 퇴장하기 시작한다.)
시코울	자, 이보게들, 우린 임무를 들었어. 여기 교회 의자
	로 가서 두 시까지 앉았다가 다들 자러 가세.
도그베리	(돌아온다.)
	한마디만 더 하지, 정직한 이웃들. 부탁인데, 레오
	나토 댁 문간을 지켜보게, 내일 결혼식이 있어서 오 85
	늘 밤엔 아주 왁자지껄할 테니까. 안녕. 빙심하지 말
	고, 당부하네. (도그베리와 베르제스 퇴장)
	(보라키오와 콘래드 등장.)
보라키오	어이, 콘래드!
시코울	(방백) 쉿, 움직이지 마.
보라키오	이보게, 콘래드! 90
콘래드	여기, 자네 팔꿈치 곁에 있어.
보라키오	허 참, 내 팔꿈치가 가려운 게 재수가 옴 붙으려고
	그랬나 봐!
콘래드	그에 대한 대답은 나중에 해 주지. 지금은 자네 얘
	기 먼저 해. 95
보라키오	그럼 이 달개집 밑으로 바싹 붙어, 부슬비가 내리니
	까, 그러면 내가 정직한 취객처럼 다 털어놓을 테니까.
시코울	(방백)
	이보게들, 무슨 역모야. 아직은 가까이 서 있어.
보라키오	그래서 알려 주는데, 난 돈 존에게 천 다카트를 받
	았어. 100
콘래드	무슨 악행이 그토록 비쌀 수가 있어?

86행 빙심하지
방심하지.

헛소문에 큰 소동

보라키오	자넨 오히려 무슨 악행이 그토록 부유할 수 있느냐
	고 물었어야 해. 부유한 악당들이 가난한 악당들을
	필요로 할 땐 가난한 놈들이 원하는 값을 부를 수
	있으니까. 105
콘래드	놀라운 일이네.
보라키오	경험 부족을 드러내는군. 자네도 알다시피 남자에
	게 조끼나 모자나 외투의 유행이란 건 아무것도 아냐.
콘래드	그래, 그건 의복이지.
보라키오	내 말은 유행이란 뜻이야. 110
콘래드	그래, 유행은 유행이지.
보라키오	쯧쯧, 바보는 바보라고 하는 편이 낫겠다. 근데 자넨
	이 유행이 얼마나 흉한 도둑놈인지 몰라?
자경단원	(방백) 내가 그 흉한을 알아. 지난 칠 년 동안 더러
	운 도둑놈이었어. 놈은 신사처럼 이리저리 다녀, 그 115
	의 이름이 기억났어.
보라키오	자네, 인기척 못 들었어?
콘래드	아니, 집 위에 있는 풍향계 소리야.
보라키오	자네가 모른단 말이야, 이 유행이 얼마나 흉한 도둑
	놈인지, 어떻게 열넷에서 서른다섯까지 혈기 왕성한 120
	자들을 어지럽게 빙빙 돌려놓는지? 놈은 그들을 때
	론 우중충한 그림 속 파라오의 병사들처럼, 때론 옛
	교회 창문의 바알 신 사제들처럼, 때론 때 묻고 좀
	먹은 양탄자 속에서 자기 곤봉만큼 거대한 앞주머
	니를 단 빡빡머리 헤르쿨레스처럼 만들어 놔. 125
콘래드	다 알아, 그리고 이 유행이란 놈은 필요 이상으로 많

122행 파라오의 병사들
『창세기』에서 도망치는 이스라엘 사람들을 뒤쫓다가 홍해에 빠져 죽은 이집트 왕의 병사들.
(아든)

	은 옷을 입게 한다는 것도 알아. 그런데 자네 자신도 자기 얘기를 하다가 이 유행 얘기로 갈아 타다니 그 유행 때문에 현기증 난 거 아냐?
보라키오	그건 아냐. 하지만 난 오늘 밤 헤로 아가씨의 시녀 마가레트를 헤로라고 부르면서 구애했단 사실을 알 130 아 둬. 그녀는 여주인의 창문 밖으로 몸을 내밀며 내 게 천 번이나 밤 인사를 해. ― 내 얘기가 엉성하군. 난 먼저, 내 주인님 돈 존이 자리를 잡아주며 귀띔 해 줬던 군주님과 클라우디오 그리고 내 주인님이 135 정원 안의 뚝 떨어진 데서 이 애정 어린 만남을 어떻 게 봤는지 자네에게 말해 줬어야 했어.
콘래드	그래서 그들은 마가레트를 헤로라고 생각했어?
보라키오	군주님과 클라우디오 둘은 그랬지만 내 주인님 악 마는 그게 마가레트인 줄 알았지. 그런데 클라우디 140 오는 약간은 그들에게 처음 귀띔해 준 그의 맹세 때 문에, 또 조금은 그들을 정말 속였던 어두운 밤 때 문에, 하지만 대부분은 돈 존이 꾸며 낸 중상을 무 엇이든 확인해 준 나의 악행 때문에 격분한 채 떠나 면서 맹세하기를, 다음 날 아침 예정된 대로 교회에 145 서 그녀를 만나 거기에서, 회중 전체 앞에서 자신이 간밤에 본 것으로 그녀를 창피 준 다음, 남편 없이 집으로 돌려보낼 거라고 했어.
자경단원 1	(그들을 향해 뛰어나간다.) 군주님의 이름으로 명령한다, 서라!
시코울	순경님을 불러라! 이 나라에서 여태껏 알린 가운데 150

123행 **바알 ... 사제들**
바알은 수메르의 바람과 농업의 신으로, 여기에서 언급된 얘기는 외경의 '바알과 용'에 관한
것이다. (리버사이드)

자경단원 1	가장 위험한 판역 한 건을 우리가 여기에서 팔견했다. 그리고 그 가운데 하나가 흉한이야. 내가 아는데 놈은 장발을 했어.
콘래드	이보시오, 관원들 ─
시코울	너희는 그 흉한을 내놓게 될 거야, 장담해.
콘래드	보시오들 ─
시코울	입 다물어, 명령이다! 우리가 복종하는 대로 같이 가자.
보라키오	(콘래드에게) 이들의 미늘창에 걸렸으니 우린 꽤 값진 물건이 될 것 같아.
콘래드	찾고 있던 물건이겠지, 장담해. 갑시다, 당신들에게 복종하겠소. (함께 퇴장)

155

160

3막 4장

헤로, 마가레트와 우술라 등장.

헤로	착한 우술라, 베아트리스 언니를 깨워 일어나도록 해 봐.
우술라	그럴게요, 아가씨.
헤로	그리고 이리 오라고 해.
우술라	예. (퇴장)
마가레트	참말로, 이전 것이 더 나은 것 같은데요.
헤로	아냐, 마가레트, 나는 꼭 이걸 달 거야.

5

151행 판역 ... 팔견
반역, 발견.

3막 4장 장소
레오나토의 저택, 헤로의 방.

67

마가레트	참말로 이건 그다지 좋지 않아요, 언니도 분명 그렇다고 하실 거예요.
헤로	언니는 바보야, 너도 그렇고. 난 이거 아니면 안 달 10 거야.
마가레트	방안에 있는 머리쓰개는 머리칼이 좀만 더 갈색이면 극히 마음에 들어요. 당신 가운도 정말 아주 드문 형태고요. 전 사람들이 매우 칭찬하는 밀라노 공작부인의 가운도 봤어요. 15
헤로	오, 그거 빼어나다고 하던대.
마가레트	참말로 당신 것에 비하면 잠옷밖에 안 돼요. ― 금실 천에 옆트임을 두고 은실 장식을 했으며, 진주를 달고, 아래 소매, 옆 소매와 푸르스름한 금속 실로 아랫단을 빙 둘러 꾸민 치마로 돼 있죠. 하지만 섬 20 세하고 우아하며 품위 있고 빼어난 양식으로는 당신 것이 열 배나 더 가치 있어요.
헤로	그걸 입고 기뻤으면 좋겠어, 내 가슴은 대단히 무거우니까.
마가레트	그건 곧 한 남자의 무게로 더 무거워질 거랍니다. 25
헤로	망측해라! 창피하지도 않아?
마가레트	왜요, 아가씨? 명예롭게 말해서요? 결혼은 거지한 테도 명예롭지 않나요? 당신의 그분은 결혼 안 해도 명예롭지 않나요? 당신은, 죄송하지만, 제가 남자 말고 남편이라고 말해 주길 원했다고 생각해요. 나 30 쁜 생각에 참말이 뒤틀리지 않는다면 제 말에 불쾌한 사람은 없을 거예요. '남편 때문에 더 무겁다.' 이 말에 무슨 해가 있죠? 제 생각엔 없어요, 진짜 남편과 진짜 아내라면. 안 그러면 가볍지 안 무겁죠.

(베아트리스 등장.)

	그렇지 않은지 베아트리스 아가씨께 물어봐요. 여 35
	기로 오시니까.
헤로	좋은 아침이야, 언니.
베아트리스	좋은 아침이야, 귀여운 헤로.
헤로	아니, 왜 그래? 아프다는 투로 말하고 있어?
베아트리스	내게서 다른 투는 다 사라진 것 같아. 40
마가레트	우리 박수 치면서 후렴 없는 '가벼운 사랑'을 불러
	요. 노래하시면 전 그에 맞춰 춤출게요.
베아트리스	발걸음도 가벼운 사랑을 하겠다고? 그럼 넌 네 남편
	의 마구간만 넓으면 거기를 망아지들로 못 채우진
	않겠구나. 45
마가레트	오, 부조리한 해석! 그건 제가 경멸하며 밟아요.
베아트리스	다섯 시가 거의 다 됐어, 동생. 준비가 됐어야 할 때
	야. 참말이지, 난 몹시 기분이 안 좋아. 아이고!
마가레트	매나 말, 아니면 남편이 없어서 그래요?
베아트리스	그 모두의 공통점 때문이지. 골칫거리 말이야! 50
마가레트	글쎄요, 당신이 터키인이 되지 않는 한 북극성을 바
	라보는 항해는 더 이상 없겠죠.
베아트리스	대체 이 바보가 뭐라는 거야?
마가레트	하느님이 모두의 소원을 다 들어주십사 하는 것 말
	고는 아무것도 아녜요. 55
헤로	백작이 내게 보낸 이 장갑 말이야, 향내가 굉장히
	좋아.
베아트리스	난 막혔어, 동생, 냄새를 못 맡아.
마가레트	처녀니까 막혔죠! 뚫렸으면 배가 부를 뻔했답니다.
베아트리스	오, 하느님 맙소사, 맙소사, 넌 언제부터 재담가로 60
	행세했니?
마가레트	당신이 그걸 관둔 뒤부터 쭉요. 제 기지가 저에게 무

척 어울리지 않나요?

베아트리스 잘 보이진 않아, 모자에 달아야 되겠어. 참말로, 난
아파.   65

마가레트 그 베네디쿠스라는 엉겅퀴 농축액을 좀 구해서 가
슴에 발라 봐요, 현기증엔 최고랍니다.

헤로 넌 그 엉겅퀴 가시로 언니를 찌르는구나.

베아트리스 베네디쿠스? 왜 베네디쿠스야? 이 베네디쿠스에 무
슨 속뜻을 심어 놨구나.   70

마가레트 속뜻이요? 아뇨, 정말로, 거기에 속뜻은 없고 그냥
성스러운 엉겅퀴란 뜻이었어요. 혹시 제가 당신이
사랑에 빠졌다고 생각한다 생각해요? 아뇨, 맹세
코, 전 제 맘대로 생각하는 바보도 아니고 생각할
수 있는 건 생각하고 싶지도 않으며, 당신이 사랑에   75
빠졌거나 빠질 거라거나 빠질 수 있다는 건 제 생각
이 다 없어질 정도로 생각한다 해도 정녕코 생각할
수 없답니다. 근데 베네디크도 그런 사람 중 하나였
지만 이젠 정상으로 돌아왔어요. 그는 절대 결혼 않
겠노라고 맹세했었지만 이젠 그런 결심에도 불구하   80
고 불평 없이 식사한답니다. 그리고 전 당신이 어떻
게 개심할지는 모르지만, 당신 눈도 다른 여자들처
럼 보는 것 같네요.

베아트리스 넌 무슨 걸음걸이로 네 혀를 이렇게 놀리니?

마가레트 천방지축은 아니랍니다.   85

(우술라 등장)

우술라 아가씨, 물러나세요! 군주님과 백작, 베네디크 씨,
돈 존 및 읍내의 모든 분이 당신을 교회로 데려 가
려고 오신답니다.

헤로 착한 언니, 착한 마가레트, 착한 우술라, 옷 입는 것

좀 도와줘.　　　　　　　　　　　　(함께 퇴장)　　

3막 5장

레오나토, 도그베리 순경과 베르제스 지역 순경

등장.

레오나토　　정직한 이웃사촌, 내게 무슨 볼일이라도?

도그베리　　아 참, 어르신, 당신과 가깝게 간계되는 일로 성담을

　　　　　　좀 하고 싶습니다.

레오나토　　간단하게 해 주게, 보다시피 내가 좀 바쁜 때라서.

도그베리　　아 참, 그게 이렇습니다.　　　　　　　　　　　5

베르제스　　예, 그건 사실입니다.

레오나토　　그게 뭔가, 친구님들?

도그베리　　베르제스 아저씨는 사건과 좀 먼 얘기를 한답니다.

　　　　　　늙은이라서, 어르신, 머리가 예전만큼, 맙소사, 둔하

　　　　　　지를 않아요. 하지만 실은 두 눈썹 사이의 주름 만　10

　　　　　　큼이나 정직하답니다.

베르제스　　예, 전 하느님 덕분에 살아 있는 누구만큼이나 정직

　　　　　　한데, 늙은이로 저보다 더 정직한 사람은 없죠.

도그베리　　상쾌한 비교로군. 침묵해, 베르제스 이웃사촌.

레오나토　　이웃사촌들, 자네들은 장황하네.　　　　　　　　15

도그베리　　어르신 말씀은 황송하나 저희는 불쌍한 군주님의

　　　　　　관원입니다. 하지만 실은, 저로서는, 제가 왕만큼 장

3막 5장 장소
레오나토의 저택 앞.
2행 간계 … 성담
관계, 상담.

9-10행 둔하지를
민첩하지를.
16행 불쌍한 군주님
군주님의 불쌍한.

71

	황하다면 제 가슴속에서 찾을 수 있는 모든 걸 어르신께 드리겠습니다.	
레오나토	자네의 장황함을 다 내게 준다, 고?	20
도그베리	암요, 그게 지금보다 천 파운드나 더 값지다고 해도 요. 전 어르신에 대해 이 도시의 누구만큼이나 큰 한탄을 듣고 있고, 제가 비록 가난한 사람이지만 그 걸 듣게 되어 기쁘니까요.	
베르제스	저도 그렇습니다.	25
레오나토	자네들이 해야 할 말을 기꺼이 알고 싶네.	
베르제스	아 참, 어르신, 지난밤 저희 자경단이 어르신 앞에서 황소하지만, 메시나에서 그 누구 못지않은 악당 한 쌍을 붙잡았답니다.	
도그베리	이 착한 늙은이는, 어르신, 계속 떠들 겁니다, '나이 가 들면 정신이 나간다.'라는 말처럼. 세상에, 이런 구경거리가 있나! 말 잘했어, 정말, 베르제스 이웃 사촌. 글쎄, 하느님은 좋은 분이야. 말 한 필에 두 사람이 타면, 하나는 뒤에 타야 해. 사실, 어르신, 그는 밥 먹는 누구만큼이나 정직한 영혼이랍니다, 정말 로. 그러나 하느님은 섬겨야 하지만 사람은 다 같지 않다네. 아아, 착한 이웃사촌!	30 35
레오나토	사실, 이웃사촌, 그가 자네에게 훨씬 못 미쳐.	
도그베리	하느님이 주시는 선물이죠.	
레오나토	난 떠나야 해.	40
도그베리	한 말씀만, 어르신. 저희 자경단이 두 어심스러운 사	

17~18행 장황하다면
도그베리는 이 말을 '부유하다면'과 같은
찬사로 생각한다. (RSC)
23행 한탄
찬탄.

28행 황소하지만
황송하지만.
41~42행 어심스러운 … 해포했고
의심스러운, 체포했고.

람을 진짜 해포했고, 그래서 오늘 아침 어르신 앞에서 그들을 심문할까 합니다.

레오나토　자네가 심문을 직접 하고, 그걸 내게 가져오게. 난 이제 보다시피 급히 서둘러야 해.　　　　　45

도그베리　그걸로 충만합니다.

레오나토　가기 전에 포도주나 마시게. 잘 있게!

　　　　　(사자 등장.)

사자　어르신, 사람들이 당신께서 따님을 남편에게 건네주기를 기다립니다.

레오나토　그들과 함께 갈 거야. 난 준비됐어. (사자와 함께 퇴장)　50

도그베리　착한 동료는 프란시스 시코울에게 가 보게. 그에게 펜과 잉크통을 감옥으로 가져오라고 해. 이제 우리가 이자들을 심문 볼 거니까.

베르제스　그리고 우린 그걸 현명하게 해야 해.

도그베리　우린 재주를 아끼지 않을 거야, 장담해. 여기에 그들 55 중 몇 놈을 홀란으로 몰아넣을 게 들어 있거든. 우리의 신문을 받아 적을 가장 유식한 서기 하나만 구한 다음 감옥에서 나를 만나.　　(함께 퇴장)

46행 충만합니다
충분합니다.
53행 심문 볼
심문할.

56행 홀란
혼란.

73

4막 1장

돈 페드로, 서출 돈 존, 레오나토, 프란시스 수사,

클라우디오, 베네디크, 헤로와 베아트리스,

다른 사람들과 함께 등장.

레오나토	자, 프란시스 수사, 간략히 하게. 결혼의 형식만 간단히 지키고 둘의 임무는 나중에 되짚어 주게.
수사	백작님, 당신은 이 아가씨와 결혼하려고 이리로 왔습니까?
클라우디오	아뇨.
레오나토	그녀와 결혼으로 맺어지려고 왔네, 수사. 그러니 그녀를 결혼시키시게.
수사	아가씨, 당신은 이 백작과 결혼하려고 이리로 왔습니까?
헤로	예.
수사	둘 가운데 누구라도 둘이 혼인하지 말아야 할 그 어떤 내밀한 장애물을 알고 있다면 둘의 영혼을 걸고 명하니 밝히시오.
클라우디오	헤로, 당신은 아는 게 있소?
헤로	없어요.
수사	백작은 아는 게 있습니까?
레오나토	내가 감히 그의 답을 하겠네. 없네.
클라우디오	오, 사람들은 뭣이든 감히 한다니까! 할 수 있다니까! 뭘 하는지 모르면서 매일 한다니까!
베네디크	이게 뭐야? 감탄사를 연발해? 그렇다면 하, 하, 히와

5

10

15

20

4막 1장 장소
교회.

	같은 웃음도 좀 넣지.
클라우디오	수사님은 비켜요. (레오나토에게) 장인께 죄송하나
	당신은 자유롭고 편안한 마음으로
	따님인 이 처녀를 제게 주시렵니까?
레오나토	신이 내게 그녀를 주셨을 때처럼 자유롭게.
클라우디오	그리고 당신께는 값지고 귀한 이 선물에
	답할 만큼 훌륭한 무엇을 드리면 될까요?
돈 페드로	그녀를 돌려주는 것 말고는 전혀 없네.
클라우디오	군주님, 당당한 감사를 제게 가르치십니다.
	자, 레오나토, 그녀를 도로 가져가십시오.
	속이 썩은 이 오렌지, 친구에게 주지는 마시오,
	순결의 겉모습, 유사품일 뿐이니까.
	그녀가 얼마나 처녀처럼 붉히나 보십시오!
	오, 교활한 죄악은 설득력과 위장술로
	얼마나 자신을 잘 덮을 수 있는지!
	저 피는 정숙의 증거로 순결을 입증코자
	올라오지 않습니까? 이 외양만으로도
	그녀를 보는 이는 그녀가 처녀라고
	다들 맹세 않겠어요? 그러나 아닙니다.
	그녀는 음탕한 침대의 열기를 알아요.
	붉힌 건 정숙이 아니라 죄 때문이랍니다.
레오나토	그게 무슨 뜻인가, 백작?
클라우디오	결혼을 안 하겠다, 닳고 닳은 음녀와는
	제 영혼을 안 맺겠단 뜻입니다.
레오나토	귀한 백작, 만약에 자네가 본인의 시도로
	저항하는 그녀의 청춘을 제압하고
	그녀의 처녀성을 꺾은 것이라면 —
클라우디오	알아들었습니다. 이 몸이 그녀를 알았다면

25

30

35

40

45

	그녀는 이 몸을 남편으로 품었기에	
	그 혼전 간음죄는 줄어든단 말씀이죠.	50
	이뇨, 레오나토.	
	전 그녀를 엉큼하게 유혹한 적 없었고,	
	누이를 대하는 오빠처럼 수줍은 진지함과	
	그 관계에 어울리는 사랑만 보였어요.	
헤로	저 또한 안 그렇게 보인 적 있었나요?	55
클라우디오	보이는 건 관둬요! 그 반대를 선포할 것이오.	
	나에게 당신은 저 하늘의 달님처럼,	
	피기 전의 꽃눈처럼 순결해 보이지만	
	당신의 혈기는 비너스나 아니면	
	야성적인 육욕으로 미쳐서 날뛰는	60
	길든 저 짐승들보다 더 무절제하니까.	
헤로	그렇게 엉뚱한 말 하시다니, 온전해요?	
레오나토	(돈 페드로에게)	
	군주님, 왜 말씀이 없지요?	
돈 페드로	뭔 말을 해야죠?	
	소중한 내 친구를 천박한 창녀와	
	맺어 주려 했던 나는 불명예를 안았소.	65
레오나토	이게 다 진담이오, 아님 내가 꿈을 꾸오?	
돈 존	보시오, 진담이고 이건 다 사실이오.	
베네디크	이것은 혼례 같지 않아 보여.	
헤로	사실이라고? 오, 하느님!	
클라우디오	레오나토, 제가 여기 서 있나요?	70
	이게 군주이십니까? 이건 그분 동생이고?	
	이것은 헤로 얼굴? 우리 눈 우리 거요?	
레오나토	모든 게 그러하네. 그래서 어쩔 텐가?	
클라우디오	따님에게 한 가지만 물어볼 테니까	

	부친에게 주어진 힘으로 그녀에게 75
	진실한 답을 하라 명령해 주십시오.
레오나토	너는 내 자식이니 그리하라 명한다.
헤로	오, 큰 압박받는 제게 하느님의 가호를!
	이건 무슨 종류의 교리문답이지요?
클라우디오	바른 답 하란 거요, 당신의 이름 걸고. 80
헤로	그게 헤로 아녜요? 누가 그 이름을 정당하게
	꾸짖어 물들일 수 있죠?
클라우디오	헤로가 할 수 있소.
	헤로가 스스로 헤로 미덕 물들일 수 있소.
	지난밤 자정과 한 시 새에 당신이
	창밖으로 얘기 나눈 남자는 누구였소? 85
	자, 당신이 처녀라면 여기에 답하시오.
헤로	그 시각에 얘기 나눈 남자는 없었어요.
돈 페드로	허, 그럼 넌 처녀가 아니야. 레오나토,
	당신이 들어야 하는 건 유감이오. 명예 걸고,
	나 자신, 내 동생과 슬퍼하는 이 백작은 90
	지난밤 그녀가 그 시각에 그녀 방 창문에서
	불한당과 나눈 얘기 정말 보고 들었는데,
	그놈은 최고로 방종한 악당답게
	그들 둘이 천 번이나 비밀히 가졌던
	더러운 만남을 정말로 고백했소. 95
돈 존	에이, 에이, 그런 말 하시면 안 되죠, 전하,
	말 꺼내질 마셔야죠!
	불쾌감을 안 주면서 내뱉어도 될 만큼
	순결한 언어는 없답니다. 그래서 아가씨,
	난 그대의 커다란 탈선이 유감이오. 100
클라우디오	오, 헤로! 그 고운 외모의 반만큼이라도

그 맘속의 충동과 함께 있었더라면
그대는 참 훌륭한 헤로가 됐을 거요!
하지만 가장 추한, 가장 고운 그대여, 안녕.
안녕, 순수한 사악이여, 사악한 순수여.   105
난 그대 때문에 사랑의 문 다 잠그고
두 눈꺼풀 위에는 의심을 매달아
모든 미를 유해한 생각으로 바꾸면서
그것을 더 이상은 매력 없게 만들 거요.

레오나토　단검으로 날 찔러 줄 사람 여기 없나?   110

　　　　　　　　　　　　　　　　(헤로가 쓰러진다.)

베아트리스　아니, 동생, 뭔 일이야! 왜 아래로 쓰러져?
돈 존　자, 우린 가죠. 사실이 이렇게 밝혀져서
그녀의 생기가 꺾였소.

　　　　　　　　　(돈 페드로, 클라우디오와 돈 존 퇴장)

베네디크　아가씬 어때요?
베아트리스　　　　　　죽었나 봐. 도와줘요, 삼촌!
헤로! 헤로야! 삼촌, 베네디크, 수사님!   115
레오나토　오, 운명아, 무거운 네 손을 떼지 마라!
죽음은 수치 안은 그녀에게 바람직한
가장 고운 덮개야.
베아트리스　　　　　　왜 그래, 헤로 동생?

　　　　　　　　　　　　　　　　(헤로가 움직인다.)

수사　기운 내요, 아가씨.
레오나토　네가 하늘 쳐다봐?
수사　　　　　　예, 왜 봐선 안 되죠?   120
레오나토　왜냐고? 아니, 이 세상 만물이 그녀에게
창피하다 외치잖아? 그녀가 여기에서
그녀 피로 쓴 얘기를 부인할 수 있었어?

살지 마라, 헤로야. 그 눈을 뜨지 마라!
난 네가 곧 죽는다 생각하지 않았다면   125
네 기운이 수치심보다 더 세다고 생각하여
비난이 끝난 뒤에 내가 직접 그 목숨을
끊으려 하였다. 하나라서 내가 슬퍼했었나?
그래서 알뜰한 자연의 복안을 꾸짖었나?
오, 넌 하나로 너무 많아! 하나는 왜 가졌지?   130
너는 대체 내 눈에 왜 사랑스러웠어?
왜 나는 거지의 자식을 자비로운 손으로
문간에서 아니 들어 올렸지? 그것이
이렇게 때 묻어 오명의 수렁에 빠지면
'이건 나와 상관없소. 이 수치의 출처는   135
근본 없는 집안이오.'라고 할 수 있었는데.
근데 내 것, 내 것을 난 사랑했고 칭찬했고
자랑스러워했는데 — 그 정도가 지나쳐
그녀의 평가에 비하면 나 자신조차
아무것도 아니었다. 왜 얘가 — 오, 얘는   140
잉크 못에 빠져서 저 넓은 바다에도
얘를 씻어 깨끗이 해 줄 물은 너무 적고,
더럽혀진 그 육신을 보존해 줄 만큼의
소금기도 없구나.

베네디크   어르신, 진정하십시오.
저로서는 너무나 큰 놀라움에 휩싸여   145
할 말을 모르겠습니다.

베아트리스 오, 내 영혼에 맹세코, 동생은 누명 썼어!

베네디크 아가씨, 지난밤에 그녀와 같이 잠잤어요?

152행 그것이
그 고발이.

79

베아트리스	아뇨, 정말 아뇨. ─ 그러나 지난밤 이전엔	
	열두 달을 그녀와 쭉 같이 잠잤어요.	150
레오나토	확인됐네, 확인됐어! 오, 좀 전에 쇠 늑재로	
	보강됐던 그것이 더욱 공고해졌구먼.	
	두 왕족이 거짓을, 얠 정말 사랑하여	
	그 오점을 눈물로 씻었던 클라우디오가	
	거짓을 말했을까? 이 앨 데려가 죽게 하게.	155
수사	좀 들어 보십시오.	
	저는 오직 아가씨를 주목하느라고	
	여태껏 이 사태가 조용히 흘러가게	
	내버려 뒀답니다. 제가 살펴본 것은	
	그녀의 얼굴에 솟아난 천 개의 홍조 유령,	160
	그 홍조를 천사의 흰빛으로 내쫓는	
	천 개의 깨끗한 수치심 조각이었어요.	
	또 그녀의 눈에는 한 불꽃이 나타나	
	왕족들이 이 처녀의 진실에 맞서 내민	
	오류들을 태웠어요. 절 바보라 하십시오,	165
	경험의 도장 찍어 제 책의 내용을	
	정말로 보장하는 제 해석도, 제 관찰도	
	믿지 마십시오. 제 나이도 위엄도	
	지위나 신학도 믿지 마십시오, 만약에	
	이 고운 아가씨가 신랄한 실수로 여기에	170
	누워 있지 않다면.	
레오나토	수사, 그건 불가능해.	
	보다시피 얘한테 남아 있는 유일한 미덕은	
	자신의 영벌에 더하여 위증죄를 추가로	
	짓지 않는 것이네. 얘는 그걸 부정 안 해.	
	근데 왜 자네는 적나라해 보이는 걸	175

변명으로 덮으려 하는가?

수사   아가씨, 고발을 함께 당한 남자는 누구죠?

헤로   고발한 사람들이 알겠죠. 전 몰라요.
제가 만약 살아 있는 그 어떤 남자를
정숙한 처녀에게 보장된 선을 넘어 안다면   180
무자비한 죗값을 받게 해요! — 오, 아버지,
웬 남자가 부적절한 시각에 대화를
저와 했다거나, 제가 어떤 인간과 간밤에
말을 주고받은 걸 입증할 수 있으시면
절 내치고 미워하고 고문으로 죽이세요!   185

수사   그 왕족들에게 좀 이상한 오해가 있어요.

베네디크   그중 둘은 명예에 투철한 분이지요.
그들의 지혜가 이번에 갈 길을 잃었다면
그 계략은 서출인 존에게서 나왔을 겁니다,
기를 쓰고 악행을 꾸미는 자니까요.   190

레오나토   난 몰라. 그들이 얘를 두고 진실만 말한다면
이 손으로 얘를 찢겠지만 그 명예를 해치면
그중 가장 오만한 자라도 대가를 치를 거야.
내 피는 아직도 시간에 다 마르지 않았고
나이에도 창의력은 다 좀먹지 않았으며,   195
운명도 내 재산을 풍비박산 못 냈고
잘못된 삶으로 친구들이 다 떠나진 않아서
그들은 내 친구들이 체력과 지략의 양면으로,
재력과 친구들을 선택하는 방식으로
그들에게 내 복수를 철저히 해 주려고   200
깨어난 걸 알게 될 것이네.

수사   잠깐만요,
이번 일엔 제 충고를 따르시기 바랍니다.

왕족들은 따님이 죽어서 떠났어요.
그녀를 한동안 은밀히 감춰 두고
진짜로 죽었다고 공포하십시오.   205
공식적인 상례의 절차를 지키고
당신의 오래된 가족묘 위에는
추도문을 걸어 놓고 장례에 속하는
의식들은 모두 다 거행하십시오.

레오나토   그래서 뭔 일이 생기지? 어떻게 되는데?   210

수사   아 참, 일이 잘 풀리면 그녀에게 이롭게
비방이 후회로 바뀔 텐데, 그게 좀 득이죠.
그래서 제가 이 낯선 길 꿈꾸는 건 아니고
이 고생을 통하여 더 큰 탄생 바라서죠.
그녀는 고발된 바로 그 순간에 죽어서,   215
그렇다고 우겨야 하는데, 그 소식을
듣는 이 모두의 애도와 동정과 용서를
얻어 낼 것입니다. 왜냐하면 우리는
가진 것의 값어치를 그것을 즐기는 동안은
다 평가 못 하지만 없어지고 사라지면,   220
아, 그럼 우린 그 가치를 쥐어짠 다음에
우리 것이었을 동안엔 소유해서 안 보였던
그 미덕을 찾으니까. 그처럼 클라우디오도
자기 말 때문에 그녀가 죽었다고 들으면,
그녀의 삶이라는 상념이 달콤하게   225
그의 상상 속으로 스며들 것이고,
생명 가진 그녀의 아름다운 모습들이
더 귀하게 치장된 채 그녀가 실제로
살았을 때보다 더 감동적이고 고상하며
생동감 넘치게 그의 눈과 영혼의 시야에   230

들어올 것입니다. 그러면 그는 한탄하겠죠, ―
사랑으로 애가 탄 적 있었다면 말입니다. ―
또 그녀를 고발하지 않았길 바라겠죠.
예, 그 고발이 사실이라 여겼어도 말입니다.
이렇게 한다면 그 결과는 틀림없이   235
제가 그 가능성을 점칠 수 있는 것보다
더 커다란 성공작을 만들어 낼 것입니다.
그러나 이것 외의 목표가 다 무산되더라도
아가씨의 오명을 둘러싼 놀라움은
그녀의 추정된 죽음으로 사라질 겁니다.   240
그리고 일이 잘 안 풀리면 당신은 그녀를
상처받은 그 명성에 가장 잘 맞게끔
모두의 눈과 혀, 생각과 해코지를 피하여
종교적인 은둔자로 숨길 수도 있습니다.

베네디크   레오나토 어르신, 수사 말을 들으시죠,   245
그리고 아시듯이 친밀도와 우정에서
전 무척 군주님과 클라우디오에 가깝지만
그럼에도, 제 명예에 맹세코 이번 일은
당신의 영혼이 몸 다루듯 비밀히 바르게
다룰 것입니다.

레오나토   비통에 떠내려가는 나는   250
가장 작은 끈이라도 붙잡을 것이네.

수사   잘 동의하셨어요. 곧바로 가십시오,
괴이한 상처는 치료도 괴이해야 하니까.
자, 아가씨, 죽어서 살아요. 이 결혼 날짜는
미뤄졌을 뿐입니다. 인내하며 견디세요.   255
        (베네디크와 베아트리스만 남고 모두 퇴장)

베네디크   베아트리스 아가씨, 줄곧 울고 있었어요?

83

베아트리스	예, 그리고 좀 더 울 거랍니다.
베네디크	그건 내가 원치 않겠어요.
베아트리스	당신은 이유가 없죠, 난 자진해서 그러고.
베네디크	분명코, 난 당신의 고운 동생이 정말 박해받았다 260 고 믿어요.
베아트리스	아, 그걸 바로잡아 주는 사람은 내게서 정말로 큰 상을 받을 텐데!
베네디크	그런 우정을 보여 줄 무슨 방법이 있나요?
베아트리스	방법은 아주 쉽지만, 그런 친구는 없죠. 265
베네디크	남자가 해도 되나요?
베아트리스	남자의 의무지만 당신은 아녜요.
베네디크	난 이 세상에서 당신만큼 많이 사랑하는 것은 없 답니다. 그거 이상하지 않나요?
베아트리스	내가 알지 못하는 무엇만큼 이상하네요. 마치 내 270 가 당신만큼 많이 사랑하는 것은 없다고 말할 수 있는 것과 같네요. 하지만 내 말 믿지 마요. ─ 그 래도 거짓말은 아닙니다. 난 그걸 고백도, 부인도 안 해요. 동생이 안됐어요.
베네디크	이 칼에 걸고, 베아트리스, 그대는 날 사랑하오. 275
베아트리스	맹세한 다음에 식언하지는 마세요.
베네디크	난 이것에 걸고 당신이 날 사랑한다고 맹세할 테 고, 내가 당신을 사랑하지 않는다고 하는 자에겐 이것을 먹일 거요.
베아트리스	당신 말을 당신이 먹진 않겠죠? 280
베네디크	온갖 양념 다 뿌려도 안 먹어요. 단언컨대 난 당 신을 사랑하오.
베아트리스	그렇다면, 신은 저를 용서하소서.
베네디크	무슨 죄를, 어여쁜 베아트리스?

베아트리스	때맞춰 내 말을 막았네요, 난 당신을 사랑한다고	285
	단언할 참이었는데.	
베네디크	그럼 해 봐요, 진심을 다해서.	
베아트리스	당신을 너무나 큰마음으로 사랑하여 단언할 마음	
	이 안 남았어요.	
베네디크	자, 그대를 위하여 뭐든 하라고 명해요.	290
베아트리스	클라우디오를 죽여요.	
베네디크	하, 온 세상을 다 준대도 못 합니다.	
베아트리스	그걸 거절해서 나를 죽이네요. 안녕.	

(떠날 것처럼 움직인다.)

베네디크	멈춰요, 어여쁜 베아트리스. (그녀를 멈춰 세운다.)	
베아트리스	난 여기에 있지만 갔답니다. 당신에겐 사랑이 없	295
	어요. 아뇨, 부탁인데 놔 줘요.	
베네디크	베아트리스 ―	
베아트리스	참말로, 난 갈 거예요.	
베네디크	우선 우리가 같은 편이 되고 나서.	
베아트리스	당신은 내 적군과 싸우는 것보다 더 쉽게 감히 나	300
	와 같은 편이 되려 하는군요.	
베네디크	클로오디오가 그대의 적이오?	
베아트리스	그는 내 친척을 험담하고 모욕하고 명예를 훼손한	
	최고 악당으로 입증되지 않았나요? 오, 내가 남자	
	였으면! 뭐, 둘이 손을 잡을 때까지 그녀를 손에	305
	넣고 있다가 공개적인 고발로 험담을, 가차 없는	
	앙심을 까발렸어? 맙소사, 내가 남자였으면! 저잣	
	거리에서 그의 심장을 씹었을 거야.	
베네디크	이봐요, 베아트리스.	
베아트리스	창문 밖으로 남자와 얘기했다고! 그럴듯한 말이야!	310
베네디크	하지만 베아트리스 ―	

베아트리스	어여쁜 헤로! 그녀는 박해받고, 험담 듣고, 망했어요.
베네디크	베아트 —
베아트리스	왕족들과 백작 나부랭이들! 분명 왕족다운 증언, 훌 ³¹⁵ 륭한 말씀이야! 달달한 백작, 달콤한 용사가 분명 해. 오, 내가 그와 대적할 남자였으면! 아니면 나를 위한 남자가 돼 줄 친구라도 있었으면! 하지만 남성 성은 예절로, 용기는 칭찬으로 녹아 들어갔고, 그래 서 남자들은 혀만, 그것도 매끈한 것만 남았어. 그는 ³²⁰ 이제 거짓말만 하고 그걸 맹세하는 헤르쿨레스 만 큼이나 용감해. 난 소원만으로는 남자가 될 수 없으 니 슬퍼하는 여자로 죽을래요.
베네디크	멈춰요, 베아트리스, 이 손에 맹세코 난 그대를 사랑 하오. ³²⁵
베아트리스	그걸 걸고 맹세하지 말고 내 사랑을 위해 그걸 좀 다른 방식으로 써 봐요.
베네디크	당신은 영혼 깊이 클라우디오 백작이 헤로를 박해 했다고 생각하오?
베아트리스	예, 내게 생각이나 영혼이 있는 것만큼 분명히. ³³⁰
베네디크	됐어요, 약속합니다. 그에게 도전하겠소. 당신 손에 키스하고 떠날 거요. 이 손에 맹세코, 클라우디오는 비싼 대가를 치를 겁니다. 내 얘기 들으면 내 생각도 해 줘요. 가서 동생을 위로해요. 난 그녀가 죽었다고 말해야 하니까, 잘 있어요. ³³⁵

(다른 문으로 각자 퇴장)

4막 2장

도그베리와 베르제스 순경, 읍의 서기 역할을 하는
교회지기, 모두 가운을 입고, 자경단, 보라키오 및 콘래드와
함께 등장.

도그베리　　모두 안 나타나면서 다 모였는가?

베르제스　　아, 교회지기에게 의자와 방석 좀 갖다 줘.

교회지기　　(앉는다.) 누가 범법자들이지요?

도그베리　　아 참, 그건 나와 내 동료라네.

베르제스　　그렇지, 그건 분명해. 우리는 심문하라는 이임장을　　5
　　　　　　받았으니까.

교회지기　　하지만 심문받을 죄인들이 누구냐고요? (도그베리
　　　　　　에게) 그들에게 앞으로 나오라고 하세요, 순경님.

도그베리　　맞아, 아 참, 그들을 내 앞으로 데려오게. (자경단이
　　　　　　보라키오와 콘래드를 앞으로 데려온 다음, 물러선다.)
　　　　　　친구, 자네는 이름이 뭐야?　　　　　　　　　　10

보라키오　　보라키오.

도그베리　　(교회지기에게)
　　　　　　'보라키오'라고 적어 둬. (콘래드에게) 이봐, 자네의
　　　　　　이름은?

콘래드　　　난 신사이고, 이름은 콘래드요.

도그베리　　'신사 콘래드 씨'라고 적어 둬. 형씨들은 신을 섬기　　15
　　　　　　는가?

콘래드/보라키오　　예, 그러고 싶소.

도그베리　　적어 둬, 그들은 신을 섬기고 싶어 한다고. 그리고

4막 2장 장소
감옥.

5행 이임장
위임장.

신을 먼저 쓰게, 반드시 이런 악당들보다는 신이
앞에 있어야 하니까. 형씨들이 거짓된 깡패들보다 20
나은 게 없다는 사실은 이미 증명됐고, 머지않아
거의 그렇다고 생각될 거야. 자신들을 위해 뭐라
고 대답할 거야?

콘래드   허 참, 우린 그런 사람 아니오.

도그베리   기막히게 재치 있는 친구야, 확실해. 하지만 내가 25
그와 한 판 붙어 보지. (보라키오에게) 자, 이리 와.
귓속말 한마디 하지. 너희에게 말하는데, 너희는
거짓된 깡패들로 여겨지고 있어.

보라키오   보시오, 당신에게 말하는데, 우린 아니오.

도그베리   좋아, 비켜 서. 맹세코, 이들이 입을 맞췄어. (교회 30
지기에게) 자네, 그들이 아니라고 한다고 적었어?

교회지기   순경님, 그건 심문하는 방식이 아니랍니다. 그들의
고발자인 자경단을 불러내야 해요.

도그베리   맞아, 아 참, 그게 치고의 방법이지. 자경단을 앞으
로 나오라 해. (자경단이 나온다.) 여보게들, 군주님 35
의 이름으로 명하니, 이들을 고발하게.

자경단원 1   (보라키오를 가리킨다.)
이 사람이, 순경님, 군주님의 동생 돈 존이 악당이
라고 말했어요.

도그베리   적어 둬, '존 귀공자 악당'이라고. 아니, 이건 완전
위증이야, 군주님의 동생을 악당이라고 불렀어! 40

보라키오   순경님 —

도그베리   친구, 제발 조용히 해! 난 네 모습을 안 좋아해,
보증하지.

34행 치고의
최고의.

교회지기	그 밖에도 이자의 말을 들은 게 뭐가 있죠?
자경단원 2	아 참, 이자가 헤로 아가씨를 부당하게 고발하는 45 대가로 돈 존에게 천 다카트를 받았다고 했어요.
도그베리	거 참 완전 도둑질을 했네!
베르제스	맞아, 맹세코, 그거야.
교회지기	이보게, 그 밖에는?
자경단원 1	그리고 클라우디오 백작이 결단코, 전체 회중 앞 50 에서 헤로 아가씨를 정말로 망신 주고 결혼하지 않을 작정이라고 했어요.
도그베리	오, 악당! 넌 이 때문에 영원한 구원의 형벌을 받 을 거야.
교회지기	그 밖엔? 55
자경단	그게 다요.
교회지기	그리고 이건, 형씨들, 당신들이 부인할 수 없는 것이 오. 귀공자 존은 오늘 아침 몰래 도망쳤고, 헤로는 이런 식으로 고발당했으며, 바로 이런 식으로 버림 받았고, 그로 인한 비통 때문에 갑자기 죽었소. 순 60 경님, 이자들을 묶어서 레오나토 댁으로 끌고 가요. 난 앞서 가서 그에게 이들의 심문 내용을 보여 드리 겠소. (퇴장)
도그베리	자, 저들을 숙박하라.
베르제스	저들을 손에 넣어라. (자경단이 그들을 묶으려 한다.) 65
콘래드	떨어져, 맹추야!
도그베리	신은 저를 구하소서, 교회지기 어디 갔어? 군주님 의 관원을 맹추라 했다고 적어 두라 해. 자, 이들을 묶어라. (저항하는 콘래드에게) 이 못된 불한당!

53행 구원의
파멸의.

64행 숙박하라
속박하라.

콘래드	저리 가! 넌 바보야, 바보라고!	70
도그베리	넌 내 지위를 조경 안 해? 내 나이를 조경 안 해?	

오, 그가 여기 남아서 나를 바보라고 적어 뒀더라
면! 하지만 형씨들, 내가 바보란 걸 기억해 둬. 적
어 두진 않았지만 내가 바보란 건 잊지 마. 아니,
악당아, 넌 공손으로 가득해, 훌륭한 증인이 그렇   75
다고 증명해 주겠지만 말이다. 난 현명한 친구야,
더군다나 관원이고, 더군다나 세대주며, 더군다나
메시나의 그 어떤 인물만큼이나 멋진 몸매를 가졌
고 법을 아는 사람인 데다 — 젠장! — 충분히 부자
인 데다 — 젠장! — 손해도 봤던 친구이며, 가운도   80
두 벌 가졌고, 멋진 건 다 걸친 사람이야. — 이자를
데려가. — 오, 내가 바보라고 적힐 줄이야!

(함께 퇴장)

5막 1장

레오나토와 그의 동생 안토니오 등장.

안토니오	쭉 이렇게 나가시면 형님이 죽게 되고
	본인을 해치는 비탄을 이처럼 북돋는 건
	지혜가 아닙니다.
레오나토	제발 그 조언은 관두게,
	체에 부은 물처럼 소득 없이 내 귓속을

71행 조경
존경.
75행 공손
불손.

5막 1장 장소
레오나토의 저택 근처.

지나가 버리니까. 나와 같은 상처를   5
입은 이가 아니라면 조언을 해 주거나
위안으로 내 귀를 기쁘게 하지 말게.
자식을 퍽 사랑하여 그 기쁨이 나처럼
눈물에 압도됐던 아버지를 데려와서
그에게 인내심을 말하라 그러게.   10
그의 비애 내 것의 길이와 넓이에 견주고,
그것의 동향을 하나하나 다 일치시키게,
이력하면 저력하고, 이 비탄엔 저 비탄을
모든 윤곽, 분야, 형태, 형식에서 말이네.
그런 이가 미소 짓고 수염을 매만지며   15
슬퍼하면, 신음해야 하는데 장난치고 흠 하며
비탄에 속담을 덧대고 책벌레들과 함께
불행을 마비시킨다면 그를 내게 데려와,
그럼 내가 그의 인내 습득할 것이네.
하지만 그런 이는 없다네. 왜냐하면, 동생,   20
사람들은 스스로 못 느끼는 비탄은 조언하고
위로해 줄 수 있어. 근데 그걸 맛보면,
전에는 격노한 자에게 교훈 약을 처방하고
강력한 광증에 비단실 족쇄를 채우며
아픔을 입김으로, 고뇌를 말발로 홀리려던   25
그들의 조언은 격정으로 바뀐다네.
아니, 아니, 슬픔의 무게에 찢기는 이들에게
인내심을 말하는 건 모든 이의 임무지만
아무리 미덕과 능력을 갖췄어도 자신이
같은 것을 견뎌야 할 때에는 그렇게   30
교훈적이 못 된다네. 그러니 조언은 마.
내 비탄이 충고보다 더 크게 소리 질러.

91

안토니오	그 점에선 어른과 아이가 아무 차이 없네요.
레오나토	제발 좀 조용해, 나도 감정 보일 거야.
	철학자가 아무리 신들의 문체를 쓰면서 35
	우연과 고통을 우습게 봤다 해도
	치통을 차분히 견딜 수 있었던 경우는
	여태껏 한 번도 없었으니 말일세.
안토니오	그래도 피해를 혼자 다 입지는 마시오.
	형님을 괴롭히는 자들도 아프게 만들어요. 40
레오나토	일리 있는 말이야. 아니, 그렇게 할 거야.
	내 영혼은 헤로가 누명 썼다 말하고, 그것을
	이 클라우디오와 군주 및 그녀를 이렇게
	모욕한 자 모두가 알게 만들 것이야.

(돈 페드로와 클라우디오 등장.)

안토니오	군주님과 클라우디오가 급히 와요. 45
돈 페드로	좋은 오후, 좋은 오후.
클라우디오	안녕들 하십니까.
레오나토	한 말씀 드릴까요?
돈 페드로	우린 좀 급해서, 레오나토.
레오나토	좀 급해요, 전하! 그럼, 안녕히 가십시오.
	그렇게 급하셔요? 글쎄, 상관없습니다.
돈 페드로	아니, 우리와 싸우려 하지 마오, 노인장. 50
안토니오	만약에 그가 싸워 명예 회복 가능하면
	누군가 쓰러질 것이오.
클라우디오	누가 그를 모욕하죠?
레오나토	허 참, 네가 날 모욕해, 위선자, 너 말이야!
	아니, 절대로 네 손을 네 칼에 대지 마라.
	겁 안 난다.
클라우디오	허 참, 제 손이 노친을 그토록 55

두렵게 만든다면 저주받기 바랍니다.
참말로, 제 손은 칼 잡을 뜻 없었어요.

레오나토   쳇, 쳇, 이봐, 절대로 날 비웃고 놀리지 마!
난 노망 난 늙은이나 아니면 바보처럼
나이를 특권 삼아 젊은 시절 했던 일을   60
떠벌인다거나, 늙지만 않았다면 하고픈 일
말하는 게 아니다. 알아 둬라, 클라우디오,
넌 죄 없는 내 자식과 나를 매우 핍박하여
나는 내 나이의 특권을 억지로 내려놓고
흰 머리와 수많은 날들의 상처를 지닌 채   65
너에게 정면으로 결투를 신청한다.
넌 죄 없는 애에게 누명을 씌웠단 말이다.
네 비방은 그 애의 가슴을 뚫고 뚫어
그 애는 조상들과 더불어 ― 오, 네놈의
악행이 꾸며 낸 이번 추문 말고는 한 번도   70
그런 게 아니 깃든 무덤 속에 ― 묻혀 있다.

클라우디오   저의 악행?

레오나토   너의 악행, 클라우디오, 네 것이다.

돈 페드로   그건 틀린 말이오, 노인.

레오나토   전하, 전하,
그가 감히 덤빈다면 저는 그의 멋진 검술,
오랜 연습, 오월 청춘, 꽃피는 활력에도   75
그의 몸에 그 사실을 입증할 것입니다.

클라우디오   저리 가요! 전 당신과 관련되지 않겠어요.

레오나토   날 이렇게 뗄 수 있어? 넌 내 아일 죽였고,
만약 나를 죽인다면, 얘, 어른을 죽일 거야.

안토니오   진짜 어른, 우리 둘을 죽이게 되겠죠.   80
근데 상관없어요, 하나 먼저 죽이라고 해요.

이긴 자가 웃는 법! 나와 붙어 보라 해요.
자, 날 따라와, 애. 자, 소년님, 자, 따라와,
소년님! 찌르기 검법을 못 쓰게 패 주겠다!
암, 이 몸은 신사니까 그럴 거야.   85

레오나토   동생 —

안토니오   막지 마요. 맹세코, 저도 질녀 사랑했고,
           걔는 악당들로부터 죽도록 욕먹고 죽었어요.
           제가 감히 독사 혀를 붙잡듯이 상남자와는
           정말 감히 대적 못 할 놈들이죠. 애, 원숭이,   90
           떠버리, 불한당, 겁보들 같으니!

레오나토   안토니 동생 —

안토니오   잠자코 계세요. 뭐, 남자? 전 그들을 알아요,
           예, 무게가 얼만지, 마지막 한 근까지.
           쌈질하고 뻔뻔하고 유행 쫓는 어린애들,
           거짓말로 속이고, 얕보고 헐뜯고 욕하고   95
           기괴한 복장에 흉측한 겉모습을 보이면서
           적들을 해칠 수 있다는 위협적인 말들을,
           과감해졌을 때 반 다스쯤 내뱉는 자들이죠. —
           그게 전부랍니다.

레오나토   하지만 안토니 동생 —

안토니오   자, 상관없어요.   100
           끼어들지 마세요, 제가 처리할 테니.

돈 페드로   우리가 두 분의 인내심을 깨우진 않겠소.
           당신 딸의 죽음은 진정으로 애석하나
           내 명예에 맹세코, 그녀는 오로지 사실과
           완벽한 증거만을 가지고 고발됐소.   105

레오나토   전하, 전하 —

돈 페드로   난 듣지 않겠소.

레오나토	안 들어요?
	— 가자, 동생, 어서 가. 내가 듣게 만들 거야.
안토니오	그래야죠, 안 그러면 누군가 다칠걸요.
	(레오나토와 안토니오 퇴장)
	(베네디크 등장.)
돈 페드로	보게, 봐. 우리가 찾으러 갔던 사람이 여기 와.
클라우디오	그런데 자네, 무슨 소식이라도? 110
베네디크	(돈 페드로에게) 안녕하십니까, 전하.
돈 페드로	잘 왔네. 싸움 붙을 뻔했던 일을 자네가 와서 말 릴 뻔했네.
클라우디오	우린 이도 없는 두 노인에게 우리의 두 코를 덥석 물려 뜯길 것 같았어. 115
돈 페드로	레오나토와 그 동생에게 말이야. 자넨 어떻게 생 각해? 우리가 싸웠다면 그들에겐 우리가 너무 젊 지 않았을까 걱정되네.
베네디크	가짜 다툼에 진정한 용기는 없답니다. 전 두 분을 찾아왔습니다. 120
클라우디오	우리도 자넬 찾으러 위아래로 다녔어, 극도로 우 울해서 기꺼이 그걸 떨쳐 버리고 싶었으니까. 자네 기지 좀 발휘해 줄 텐가?
베네디크	그건 내 칼집에 들었어. 뽑을까?
돈 페드로	자넨 기지를 옆구리에 차고 다녀? 125
클라우디오	아주 많은 이들이 기지를 다 잃어버리긴 했어도 누 구도 그걸 옆구리엔 안 찼었죠. 자네에게 가수들처 럼 뽑으라고 할게. — 뽑아서 우릴 즐겁게 해.
돈 페드로	정직한 사람으로서 말인데, 이 친구 창백해 보여. 자네 아픈가, 아니면 화났어? 130
클라우디오	이봐, 뭐야, 기운 내! 고양이야 근심 때문에 죽었

	지만 자네는 근심을 죽일 기개가 충분하잖아.	
베네디크	이보게, 자네 기지를 내게 돌진시키면 그게 전속 력일 때 맞이해 주겠네. 제발 화제를 바꾸게.	
클라우디오	아니, 그럼, 그에게 다른 창을 줘야지. 마지막 것 은 중간이 부러졌으니까.	135
돈 페드로	이 빛에 맹세코, 그가 점점 더 달라져. 정말 화가 난 것 같아.	
클라우디오	그렇다면, 칼싸움을 피할 줄도 알겠군요.	
베네디크	귓속말 좀 해도 될까?	140
클라우디오	도전은 제발 없도록 해 주소서.	
베네디크	(클라우디오에게) 넌 악당이야. 농담 아냐. 네가 어떻게 덤비든, 무엇 으로 덤비고 언제 덤비든 간에 난 약속을 지킬 거 야. 결투를 받아들여, 안 그러면 널 겁쟁이로 공포할 거야. 넌 어여쁜 아가씨를 죽였고, 그녀의 죽음은 널 무겁게 짓누를 거야. 대답을 들려줘.	145
클라우디오	좋아, 내가 환대받을 수 있다면 자네를 만나겠네.	
돈 페드로	뭐, 연회야, 연회?	
클라우디오	참말로, 그는 저를 고맙게도 바보 소머리와 거세한 수탉 요리로 불렀는데, 제가 그걸 재주껏 썰지 못하 면 제 칼은 쓸모없다고 하는군요. 내가 멧도요도 한 마리 발견하지 않을까?	150
베네디크	이보게, 자네 기지는 너무 활기가 없어, 맥 빠졌어.	
돈 페드로	베아트리스가 며칠 전에 자네 기지를 어떻게 칭찬했 는지 말해 주지. 난 자네가 멋진 기지를 가졌다고 했지. 그녀는 '맞아요, 멋진 기지 조금 있죠,' 그랬어.	155

151행 멧도요
멍청하다고 알려진 새.

난 '아니, 커다란 기진데' 그랬지. 그녀는 '그렇죠, 크
긴 한데 거친 거죠,' 그랬어. 난 '아니, 착한 기지라
네,' 그랬지. 그녀는 '딱 그거죠, 아무도 안 다쳐요,'
그랬어. 난 '아니, 그 신사는 똑똑해,' 그랬어. 그녀 160
는 '헛똑똑이 신사인 건 분명해요,' 그랬어. 난 '아
니, 그는 여러 언어를 말해,' 그랬지. 그녀는 '그건
믿어요, 그는 월요일 밤에 제게 맹세한 것을 화요일
아침에 깨뜨리니까. 그건 이중 언어이고, 두 언어죠,'
그랬어. 이런 식으로 그녀는 한 시간 내내 자네의 특 165
별한 장점들을 변형시켰다네. 그러나 마지막엔 한숨
쉬며 자네가 이태리에서 가장 잘생긴 남자라는 결
론을 내렸어.

클라우디오 그 때문에 그녀는 실컷 울고 나더니 자기는 상관 않
는다고 했죠.   170

돈 페드로 맞아, 그랬어. 하지만 그 모든 것에도 불구하고 그녀
는 자기가 그를 죽도록 미워하지만 않는다면 그를
지극히 사랑하고 싶다 했어. 그 노인의 딸이 우리에
게 다 말해 줬어.

클라우디오 다요, 다. 더군다나 그가 정원에 숨어 있었을 땐 신 175
께서 그를 보셨죠.

돈 페드로 근데 우린 언제쯤 베네디크의 저 양식 있는 머리 위
에 사나운 황소 뿔을 얹어 놓지?

클라우디오 예, 그리고 그 밑에 '결혼한 남자 베네디크, 여기에
살다.'라고 적어 놓죠?   180

베네디크 안녕히 계십시오. 얘, 넌 내 마음 알아. 지금은 널 그
수다쟁이 기분에 맡겨 두고 떠난다. 넌 농담을 허풍
쟁이들이 칼날 망가뜨리듯이 하는데, 그게 신에게
고맙게도 아프질 않아. 전하, 여러 가지 예우에 감사

97

드립니다. 전 당신과 동행을 그만둬야겠어요. 서출 ¹⁸⁵
동생 분은 메시나에서 달아났고, 여기 두 분은 예쁘
고 죄 없는 아가씨를 함께 죽이셨어요. 저기 저 수염
안 난 백작님은 제가 그와 만나기로 했으니까 그때
까지는 평안하기 바랍니다. · (퇴장)

돈 페드로   그는 진지해. ¹⁹⁰

클라우디오   아주 대단히 진지하군요. 그리고 장담컨대, 베아트
리스에 대한 사랑 때문입니다.

돈 페드로   그래서 자네에게 도전했고?

클라우디오   그지없는 진심으로요.

돈 페드로   조끼와 바지만 입고 기지를 안 걸치고 다니는 남 ¹⁹⁵
자는 참으로 멋진 물건이야!

클라우디오   그럼 그는 원숭이에겐 거인이죠. 하지만 그런 남
자에 비하면 원숭이는 박사지요.

돈 페드로   근데 잠깐, 어디 보자. 내 마음아, 정신 차리고 슬
퍼해라. ― 내 동생이 달아났다고 그가 말하지 ²⁰⁰
않았던가?

(도그베리와 베르제스 순경, 자경단,
콘래드 및 보라키오와 함께 등장.)

도그베리   너, 이리 와. 정의의 여신이 너를 길들일 수 없다
면 그녀는 더 이상 이성을 저울질해서는 안 될 거
야. 아니, 네가 만약 욕하는 위선자가 한 번 되면
넌 주목받아야 해. ²⁰⁵

돈 페드로   웬일인가? 동생의 수하 둘이 묶였어? 하나는 보라
키오로군.

클라우디오   그들의 죄를 물어보시죠, 전하.

211행 흠담꾼
험담꾼.

돈 페드로	관원들, 이들이 무슨 죄를 저질렀나?
도그베리	아 참, 군주님, 이들은 거짓 얘기를 했어요. 게다
	가 가짜 진실도 말했고, 둘째로 이들은 흠담꾼들
	이며, 여섯째이자 마지막으로 한 아가씨에게 누명
	을 씌웠고, 셋째로 부당한 일들을 확인해 줬고, 그
	래서 결론을 내리면 거짓말하는 악당들이죠.
돈 페드로	첫째, 난 이들이 한 일을 묻고, 셋째로 이들의 죄
	가 무엇인지 묻고, 여섯째이자 마지막으로 왜 구
	속됐는지, 그래서 결론을 내리면, 자네는 이들을
	뭣 때문에 고발하는가?
클라우디오	올바로 그리고 그의 순서를 따라 논하셨고, 그래
	서 참말로 한 가지 뜻에 잘 맞추셨어요.
돈 페드로	자네들은 누구에게 죄를 지었기에 이렇게 묶여서
	심판을 기다리나? 이 유식한 순경은 너무 박식해
	서 이해할 수가 없네. 무슨 죄를 지었나?
보라키오	친절하신 군주님, 제가 대답을 더 길게 하진 않게
	해 주십시오. 들으시고 이 백작님이 절 죽이게 하
	십시오. 전 두 분의 바로 그 눈을 속였답니다. 두
	분의 지혜로도 못 찾아낸 것을 이 얕은 바보들이
	밝혀냈는데, 그들은 밤중에 제가 이 사람에게, 동
	생이신 돈 존이 어떻게 저를 부추겨 헤로 아가씨
	를 비방하게 했는지, 두 분이 어떻게 정원으로 와
	서 제가 헤로의 복장을 한 마가레트를 구애하는
	걸 보셨는지, 당신이 그녀와 결혼해야 했을 때 어
	떻게 그녀를 망신 줬는지 고백하는 걸 엿들었어요.
	제 악행은 이들이 기록해 뒀는데, 전 그것을 수치
	스럽게 되풀이하느니 차라리 죽음으로 그것을 봉
	인하겠습니다. 그 아가씨는 저와 제 주인님의 거

210

215

220

225

230

235

짓 고발로 죽었고, 그래서 간략히, 전 악당의 응보
밖엔 바라는 게 없습니다.

돈 페드로 이 말이 칼처럼 자네 피를 꿰뚫지 않는가?

클라우디오 그가 말을 뱉는 동안 저는 독을 마셨어요. 240

돈 페드로 하지만 내 동생이 너에게 이 일을 시켰어?

보라키오 예, 그리고 실천의 대가를 크게 치렀습니다.

돈 페드로 배신으로 짜이고 틀이 잡힌 자로구나,
그래서 이 악행 때문에 도망쳤어.

클라우디오 예쁜 헤로! 이제 그대 영상은 내가 처음 245
사랑했던 그 희귀한 모습을 띠는군요.

도그베리 자, 이 원고들을 데려가라. 지금쯤 우리 교회지기
가 레오나토 어른에게 이 일을 코했을 것이다. 그
리고 형씨들, 때와 장소가 알맞거든 내가 바보라
는 걸 잊지 말고 꼭 말해. 250

(레오나토, 그의 동생 안토니오와 교회지기 등장.)

레오나토 그 악당이 누구야? 그놈의 눈 좀 보자,
그래서 그런 자를 또 하나 알게 되면
피할 수 있도록. 이 가운데 누구야?

보라키오 당신을 해한 자를 알려거든 저를 보십시오.

레오나토 죄 없는 내 자식을 입을 놀려 죽인 자가 255
노예 같은 네 놈이냐?

보라키오 예, 바로 저 하나요.

레오나토 아니, 그렇잖다, 악당아, 그건 거짓말이야.
한 쌍의 영예로운 분들이 여기 서 계신다.
이 일에 관여했던 셋째는 도망을 치셨고.
왕족들이시여, 내 딸의 죽음에 감사하오. 260

247행 원고들   248행 코했을
피고들.   고했을.

당신들의 커다란 공적으로 기록해 두시오.
잘 생각해 보시면 참 멋진 일이었답니다.

클라우디오   어떻게 인내심을 청할지 모르겠사오나
말해야겠습니다. 복수를 직접 택하십시오.
저의 죄에 내릴 만한 고행은 상상으로   265
뭐든 부과하십시오. 그래도 전 오해밖엔
지은 죄가 없답니다.

돈 페드로   맹세코, 나도 없소.
그래도 이 착한 노인이 만족하신다면
아무리 무거운 짐을 요구하더라도
내 몸을 굽힐 거요.   270

레오나토   내 딸을 살려 내란 명령을 할 순 없고 ─
그건 불가하니까. 하지만 둘에게 부탁컨대
여기 이 메시나 시민에게 그녀가 얼마나
죄 없이 죽었는지 알리시오. (클라우디오에게)
                            또 자네가
사랑으로 심각한 창작을 해낼 수 있다면   275
그녀의 무덤에 묘비명을 하나 걸고
유골에게 노래로 바치게. 오늘 밤 노래해.
내일 아침 녘에는 내 집으로 오게나.
자네가 내 사위는 될 수 없었으니까
조카가 되어 주게. 내 동생의 딸애가 있는데,   280
죽은 내 자식의 복사본과 진배없고
우리 둘의 유일한 상속자야. 그녀에게
자네가 내 딸에게 주려던 권리를 주게나,
그럼 내 복수는 없어져.

클라우디오   오, 고귀한 분!
넘치는 친절로 제 눈물을 막 짜내십니다.   285

당신의 제안을 받들 테니 이제부터
불쌍한 이 클라우디오를 처분하십시오.

레오나토   그럼 내일 자네가 오기를 기다리고
오늘 밤은 가 보겠네. 행실 나쁜 이자는
마가레트와 대면시킬 터인데, 그녀는   290
당신 동생 돈을 받고 이 모든 잘못에
엮였다고 믿습니다.

보라키오   아뇨, 맹세코 아니고,
제게 말을 건넸을 땐 뭘 하는지 몰랐으며
제가 아는 바로는 그 어떤 일에서든
언제나 바르고 고결한 여자였습니다.   295

도그베리   게다가, 나리, 이건 정말 안 적어 놨는데, 여기 이
원고, 범법자가 저를 정말 바보라고 했어요. 그를
처벌할 때 꼭 기억해 주십시오. 그리고 자경단도
이들이 흉한이란 자에 대해 얘기하는 걸 들었어요.
그들 말이 그놈은 귀에 열쇠를 달아 거기에 자물   300
쇠를 매달고 하느님의 이름으로 돈을 꾸는데, 너
무 오래 쓰고 절대 안 갚았기 때문에 이제 사람들
마음이 모질어져 하느님을 봐서는 아무것도 안 빌
려준대요. 그에게 그 점을 꼭 심문해 주십시오.

레오나토   자네의 걱정과 정직한 수고에 감사하네.   305

도그베리   어르신께선 참으로 감사하는, 존중받는 청년처럼
말하셔서 전 당신을 주신 하느님을 찬양합니다.

레오나토   (그에게 돈을 준다.) 이건 수고비네.

도그베리   이 자선재단에 신의 가호를!

315행 해 드리고
요청하고.

316행 금하소서
허락하소서.

306행 존중받는 청년
존중받는 어른.

| 레오나토 | 그 죄수는 내게 넘기고 가 보게. 고맙네. | 310 |

도그베리 이 순 악질을 어르신께 남길 테니 어르신께 간청
컨대 다른 사람들에게 본보기로 직접 처벌해 주십
시오. 어르신께 신의 가호를! 어르신의 안녕을 빕
니다! 신께서 당신의 건강을 회복시켜 주시길! 떠
나갈 허락을 공손히 해 드리고, 만약 유쾌한 만남   315
을 바라도 괜찮다면 신은 그걸 금하소서! 가자,
이웃사촌.   (도그베리와 베르제스 퇴장)

레오나토 아침이 올 때까지, 여러분, 안녕히.

안토니오 여러분, 안녕히. 내일 뵙겠습니다.

돈 페드로 어기지 않겠소.   320

클라우디오 오늘 밤 전 헤로와 웁니다.

레오나토 (자경단에게)

이들을 데려가라. 우리는 이 비열한 녀석과
마가레트가 어찌 알게 됐는지 알아볼 것이다.

(함께 퇴장)

5막 2장

베네디크와 마가레트 등장.

베네디크 부탁해, 예쁜 마가레트, 내가 베아트리스와 얘기하
게 도와주면 크게 보답할게.

마가레트 그럼 제 미모를 찬양하는 소네트 한 편 써 주시겠
어요?

5막 2장 장소
레오나토의 저택 근처.

103

베네디크	아주 고상한 문체로 써 주지, 살아 있는 어떤 남	5
	자도 그걸 못 뛰어넘게. 참으로 유쾌한 사실인데,	
	넌 그걸 받을 자격 있으니까.	
마가레트	어떤 남자도 저를 못 뛰어넘게 한다고요? 아니,	
	저더러 늘 아랫것으로 살라는 말이에요?	
베네디크	네 기지는 사냥개 입만큼이나 빨리 움직여, 따라	10
	잡았어.	
마가레트	당신 것은 연습용 검처럼 무뎌서 찔러도 상처가	
	안 나네요.	
베네디크	참으로 남자다운 기지겠지, 마가레트, 여자를 다치	
	진 않으니까. 그러니 부탁해, 베아트리스 좀 불러 줘.	15
	기지를 막는 방패는 넘길게.	
마가레트	칼을 넘겨주세요, 우리도 호신용 방패는 있으니까.	
베네디크	그걸 쓰려면, 마가레트, 나사못을 여럿 박아 넣어	
	야 하는데, 그럼 처녀들에게는 위험한 무기야.	
마가레트	좋아요, 베아트리스를 불러 드리죠, 아가씨도 다리	20
	는 있는 것 같으니까. (퇴장)	
베네디크	그러므로 오실 거야.	

(노래한다.)

사랑의 신 큐피드는

저 위에 앉아서

나를 안다, 나를 알아,   25

얼마나 동정받을 만한지 ―

노래로는 그렇지만 사랑에 있어서는 헤엄 잘 치는

28행 레안드로스 ... 트로일로스
전자는 밤마다 헬레스폰트를 헤엄쳐 건너가 연인 헤로를 만나다가 어느 날 빠져 죽은
그리스의 미소년, 후자는 판다로스를 뚜쟁이 삼아 크레시다의 연인이 되었으나 나중에
배신당한 트로이의 왕자.

레안드로스, 뚜쟁이를 최초로 고용한 트로일로스
와, 책 속에 가득한 이 옛적 기생오라비 무리들,
평탄한 시구 속에서 아직도 그 이름이 매끄럽게   30
들리는 자들, 그래, 이들은 불쌍한 나처럼 사랑에
빠져 진정으로 쓰러지고 또 쓰러진 적이 결코 없
었어. 아 참, 난 이 사실을 시로 보여 줄 순 없어.
시도는 해 봤지만 '아가씨'와 운이 맞는 말은 '오
이씨'밖에 못 찾았고. — 애 같은 운이지. '경멸'엔   35
'능멸'을 찾았는데 — 험악한 운이야. '학교'엔 '애교,'
웃기는 운이야. 끝말이 아주 한심해. 맞아, 난 운
맞추는 재주를 타고나지도 못했고 축제의
언어로 구애할 수도 없어.

（베아트리스 등장.）

어여쁜 베아트리스, 내가 불렀을 때 오려고 했었   40
나요?

베아트리스 예, 그리고 가라고 할 때 갈게요.

베네디크 오, 그때까지만 남아 있어요.

베아트리스 '그때'란 말이 나왔네요. 잘 있어요, 그럼. 그렇지
만 가기 전에 내가 온 까닭, 당신과 클라우디오   45
사이에 뭔 일이 있었는지는 알고 가게 해 줘요.

베네디크 더러운 말뿐이었소. — 그 대가로 난 그대에게
키스하렵니다.

베아트리스 더러운 말은 더러운 바람일 뿐이고, 더러운 바람
은 더러운 숨일 뿐이며, 더러운 숨은 역겨우니   50
키스는 안 받고 떠날게요.

베네디크 당신의 기지는 너무나 강력하여 그 말의 올바른
의미를 겁줘서 내쫓네요. 하지만 분명히 말해야
겠는데, 클라우디오는 내 도전을 받았고, 그래서

난 머지않아 답을 꼭 듣거나 아니면 그를 겁쟁이   55
로 공포할 거요. 그러니 이제 제발 말해 줘요, 나
의 어떤 단점들 때문에 나를 처음 사랑했나요?

베아트리스 다 합친 것 때문인데, 그것들은 아주 교묘하게 나쁜
상태를 유지해서 어떤 장점도 그것들과 뒤섞이지
못하게 한답니다. 근데 당신은 나의 어떤 장점들   60
때문에 나에 대한 사랑을 처음 견뎠어요?

베네디크 '사랑을 견디다!' 훌륭한 표현이오. 난 정말 사랑
을 견뎌요, 내 의지에 반하여 그대를 사랑하니까.

베아트리스 당신 마음을 무시하고 그러겠죠. 아아, 불쌍한 마
음! 당신이 나 때문에 그걸 무시하면 나도 당신을   65
위해 그걸 무시할게요. 난 내 친구가 미워하는 건
절대 사랑하지 않을 테니까.

베네디크 그대와 난 너무 현명해서 평화로이 구애 못 해요.

베아트리스 그 고백으로는 안 그런 것 같네요. 현명한 사람치
고 자신을 칭찬할 이는 스물에 하나도 없으니까.   70

베네디크 그건 착한 이웃들이 살던 때나 듣던 낡고 낡은 격
언이오, 베아트리스. 이 시대엔 죽기 전에 자기 무
덤을 건립하지 않는 사람은 조종이 울린 뒤에 과
부가 우는 시간보다 더 오래 기억되진 못한답니다.

베아트리스 그게 얼마나 오래갈 것 같나요?   75

베네디크 질문이라. 그야, 종소리 한 시간에 눈물 이십오 분이
죠. 그러니 현자들은 자기 미덕의 나팔수가 되는 것
이 내가 지금 그러듯이, 가장 적절한 일이오. 만약
구더기님 — 그의 양심이 — 그 반대 이유를 찾아내
지 못한다면 말이오. 나, 칭찬받을 만하다고 내가   80
직접 증언할 나 자신에 대한 칭찬은 이쯤 하죠. 이
제 말해 봐요, 동생은 어때요?

헛소문에 큰 소동

베아트리스	아주 안 좋아요.
베네디크	당신은 어때요?
베아트리스	나도 아주 안 좋아요.
베네디크	신을 섬기고 날 사랑하면서 나아지기를. 그럼 나도 떠날게요, 누가 급히 오니까.

(우술라 등장.)

우술라   아가씨, 삼촌에게 가셔야겠어요. 저 건너 집에서 난리가 났답니다. 헤로 아가씨가 거짓 고발을 당했고 군주님과 클라우디오가 심하게 속았으며, 모든 일의 주모자는 돈 존인데 도망치고 없답니다. 곧 오시겠어요?

베아트리스   당신도 이 소식 들으러 가실래요?

베네디크   난 그대 가슴속에 살고 무릎 위에서 죽으며 두 눈속에 묻힐 거요. — 게다가 삼촌 댁으로도 함께 갈 것이오.   (함께 퇴장)

85

90

95

5막 3장

클라우디오, 돈 페드로, 귀족 한 명과
악사들을 포함한 수행원 서너 명, 촛불을 들고 등장.

클라우디오   이게 레오나토의 가족묘입니까?

귀족   그렇습니다, 백작.   (묘비명을 읽는다.)
"여기에 누워 있는 헤로는
비방하는 혀 때문에 죽었는데

5막 3장 장소
교회 마당.

죽음은 그녀의 박해를 보상하며   5
불멸의 명성을 내렸고,
수치로 죽었던 생명은 죽음 속에
빛나는 명성으로 살아 있다."
(두루마리를 건다.)
내가 말을 못할 때도 그녀를 기리며
너는 거기 묘지 위에 매달려 있어라.   10
클라우디오   자, 음악을 연주하고 엄숙한 노래를 불러라. (음악)
악사 한 명 또는 여러 명   (노래한다.)
밤의 여신이시여, 용서해 주시오,
그대의 처녀 기사 죽게 한 자들을.
그 때문에 그들은 비탄의 노래로
그녀 무덤 주위를 돈답니다.   15
한밤이여, 우리 탄식 도와다오.
한숨 쉬고 신음하게 해 다오,
구슬프게, 구슬프게.
무덤은 죽은 자들 토해 내라,
죽음을 다 표현해 낼 때까지,   20
구슬프게, 구슬프게.
귀족   이젠 당신 유골도 잘 자요,
난 매년 이 의식을 치를 거요.
돈 페드로   여러분, 좋은 아침. 촛불을 다 끄시오.
늦대는 포식했고, 저 봐요, 새벽이   25
태양신의 마차 앞서 졸고 있는 동쪽을
사방에서 회색으로 물들이고 있군요.
모두에게 고맙소, 떠나시오. 잘 가시오.
클라우디오   여러분, 좋은 아침. 각자의 길 가시오.
돈 페드로   자, 우리도 여길 떠나 옷을 갈아입어야지.   30

헛소문에 큰 소동

그런 다음 레오나토 댁으로 갈 것이네.

클라우디오 혼인 신은 우리가 비탄 바친 이 사람보다는
더 나은 결과로 우릴 성공시키기를.　　　（함께 퇴장）

5막 4장

레오나토, 베네디크, 마가레트, 우술라,
안토니오, 프란시스 수사, 헤로와 베아트리스 등장.

수사　　 그녀는 죄 없다고 말하지 않았어요?
레오나토　 이 애를 고발했던 군주님과 클라우디오도
자네가 논쟁을 들었던 그 오류로 무죄일세.
근데 마가레트는 모든 진상 조사에서
드러나는 것처럼 본의는 아니었더라도　　　　　　5
이 일에 어느 정도 잘못이 있었네.
안토니오　 자, 모든 일이 이렇게 잘 풀려서 기쁩니다.
베네디크　 저도요, 안 그러면 약속 땜에 할 수 없이
클라우디오 청년과 결투했을 테니까요.
레오나토　 자, 딸애야, 그리고 규수들도 모두 다　　　　　10
본인들이 알아서 방으로 들어가고
내가 사람 보내거든 가면 쓰고 이리 와라.
이때쯤 군주님과 클라우디오가 방문한단
약속을 하셨다. 동생은 임무를 알고 있지.
자네는 형의 딸을 아버지의 자격으로　　　　　　15
클라우디오 청년에게 줘야 해.　　（아가씨들 퇴장）

5막 4장 장소
레오나토의 저택.

안토니오	그 일을 굳건한 안색으로 할 겁니다.
베네디크	수사님, 나도 당신 수고를 간청해야겠어요.
수사	뭘 해야죠?
베네디크	이 몸을 저들 중 한 명과 묶든지 망치든지.
	레오나토 어른 — 실은 이렇습니다, 어르신,
	질녀가 이 몸을 호의의 눈으로 본답니다.
레오나토	내 딸이 걔에게 빌려준 눈으로? 틀림없군.
베네디크	저도 정말 사랑의 눈으로 보답한답니다.
레오나토	그 시력은 나와 군주, 또 클라우디오에게서
	얻은 것 같은데. 하지만 자네 뜻은?
베네디크	어르신의 대답은 수수께끼 같군요.
	하지만 제 뜻으로 말하면, 제 뜻은 당신이
	좋은 뜻을 가지고 우리 뜻과 힘을 합쳐
	영예로운 결혼을 이뤄 내는 것인데,
	그 일로, 수사님, 당신의 도움을 바랍니다.
레오나토	내 마음은 호의적이라네.
수사	제 도움도.
	군주님과 클라우디오가 오십니다.

(돈 페드로와 클라우디오, 수행원들과 함께 등장.)

돈 페드로	이 멋진 모임에 좋은 아침 바라오.
레오나토	좋은 아침입니다, 군주님, 클라우디오.
	자네 답을 기다리네. 내 동생의 딸애와
	오늘 결혼하겠다는 결심은 여전한가?
클라우디오	그녀가 검다 해도 제 마음은 같습니다.
레오나토	동생, 그 애를 불러오게. 수사는 준비됐네.

(안토니오 퇴장)

돈 페드로	베네디크, 좋은 아침. 아니, 뭣 때문에
	자네의 그 차가운 이월 달 얼굴에

20

25

30

35

40

서리와 폭풍과 구름이 가득하지?

클라우디오   사나운 황소를 생각하는 것 같군요.

쯧, 겁먹지 마, 우리가 자네 뿔에 금칠하면

호색적인 조브가 사랑에 빠져서   45

고귀한 짐승 역을 했을 때 유로파가

환호했던 것처럼 온 유럽이 그럴 테니.

베네디크   그 황소 조브는 울음이 매력적이었고

그런 낯선 황소가 자네 부친 암소에 올라타

바로 그 고귀한 행위로 자네를 빼닮은   50

송아질 얻었어, 자넨 꼭 그것처럼 우니까.

(안토니오, 헤로, 베아트리스, 마가레트, 우술라가

등장하는데, 여자들은 가면을 썼다.)

클라우디오   나중에 갚아 주지, 딴 계산이 있으니까.

제가 꽉 잡아야 할 아가씨가 누구죠?

(안토니오가 헤로를 앞으로 데리고 나온다.)

레오나토   바로 이 여자인데 자네에게 주겠네.   55

클라우디오   그렇다면 제 것이죠. (헤로에게)

자기, 얼굴 좀 볼까요.

레오나토   아니, 이 수사 앞에서 그녀의 손을 잡고

결혼을 맹세할 때까지는 못 그러네.

클라우디오   신성한 수사님 앞에서 당신 손을 주시오.

당신이 날 좋아하면 난 당신 남편이오.   60

헤로   (가면을 벗는다.)

저도 살아 있었을 땐 당신의 딴 아내였고,

당신도 사랑을 했을 땐 저의 딴 남편이었어요.

46행 유로파

조브는 황소로 변신하여 페니키아의 공주 유로파를 등에 태우고 크레타로 데려갔고, 유럽은
그녀의 이름에서 유래되었다.

클라우디오	헤로가 또 있다!
헤로	더 확실한 건 없어요.

더럽혀진 헤로는 죽었지만 전 살았고

제가 살아 있듯이 분명한 처녀예요.   65

돈 페드로	이전의 헤로다! 죽은 그 헤로야!
레오나토	험담이 살아 있을 동안만 죽어 있었답니다.
수사	이 경악은 성스러운 예식이 끝난 뒤에

제가 다 누그러뜨릴 수 있으니까

이 고운 헤로의 죽음은 그때 상술하지요.   70

그동안엔 놀라움을 일상으로 여기고

곧바로 예배당 쪽으로 가시지요.

베네디크	잠깐만, 수사님. (안토니오에게)

누가 베아트리스죠?

베아트리스	(가면을 벗는다.)

그 이름 내 건데요. 어쩔 작정이세요?

베네디크	나를 사랑 않나요?
베아트리스	아, 예, 미치게는 안 해요. 75
베네디크	그러면 삼촌과 군주님과 클라우디오는

속았군요. — 당신이 사랑한다, 맹세했소.

베아트리스	나를 사랑 않나요?
베네디크	참, 예, 미치게는 안 해요.
베아트리스	그러면 동생과 마가레트, 우술라는 대단히

속았네요. 당신 사랑, 정말 맹세했으니까.   80

베네디크	당신이 나 땜에 거의 병났다고 맹세했소.
베아트리스	당신이 나 땜에 죽을 지경이라고 맹세했죠.
베네디크	그런 건 아니오. 그럼 날 사랑하지 않나요?
베아트리스	예, 참말로, 친구로서 보답한 것 말고는.
레오나토	질녀야, 난 네가 이 신사를 사랑한다, 확신해. 85

클라우디오	저도 그가 그녀를 사랑한다, 맹세할 겁니다.
	여기 그가 자필로 베아트리스를 위하여
	순수한 창작물, 삐걱대는 소네트를
	이 종이에 썼으니까.
헤로	여기에도 있어요,
	언니 호주머니에서 훔쳐 낸, 자필로 쓴, 90
	베네디크님에 대한 애정 담은 것으로.
베네디크	기적이군! 여기 우리 자신의 손이 우리의 마음과
	어긋났잖아. 자, 난 당신을 가지겠소. 하지만 저
	빛에 맹세코, 동정심 때문이오.
베아트리스	거절은 안 할래요, 하지만 이 좋은 날에 맹세코, 95
	크게 설득당해서 굴복해요 — 또한 당신 생명을
	구하려는 뜻도 좀 있고요, 당신이 소진되고 있다
	고 들어서.
레오나토	쉿! (베아트리스에게) 내가 네 입을 막아 주마.
	(그녀를 베네디크 손에 넘긴다.)
돈 페드로	기혼자 베네디크, 기분이 어떤가? 100
베네디크	실은 이렇습니다, 군주님. 재담꾼이 떼 지어 저를 놀
	려도 전 기분 상하지 않을 겁니다. 제가 풍자나 경구
	에 신경 쓴다고 생각하십니까. 아뇨, 재담에 상처받
	을 사람이라면 멋진 옷은 하나도 걸치지 말아야죠.
	짧게 말하면, 전 정말 결혼을 할 작정이니까 이 세상 105
	이 그것에 반대할 수 있는 말은 그 목적이 무엇이든
	전혀 생각하지 않을 겁니다. 그러므로 제가 그것에
	반대했던 말을 가지고 절대 저를 놀리지 마십시오,
	인간은 변덕스러운 존재니까, 이게 제 결론입니다.
	클라우디오 자네로 말하면, 난 자넬 정말 패 주려고 110
	생각했지만 내 친척이 될 것 같으니, 상처 없이 살

	고 처제를 사랑하게.
클라우디오	난 자네가 베아트리스를 거절하기를 열심히 바랐어,
	자네를 두들겨 패서 독신 생활 못 하게 한 다음 양
	다리 걸치게 만들려고. — 만약에 형수가 자네를 극 115
	도로 주의 깊게 살피지 않으면 틀림없이 그렇게 될
	테지만 말이야.
베네디크	이봐, 이봐, 우린 친구야. 자, 우리 결혼하기 전에
	우리 마음과 아내들의 뒤꿈치를 가볍게 만드는 춤
	을 추자. 120
레오나토	춤은 나중에 출 것이네.
베네디크	먼저 하죠, 맹세코! 그러니 음악을 연주하라! 군주
	님, 우울하시군요. — 아내를 얻어요, 아내를 얻어요!
	뿔 씌운 지팡이보다 더 존경스러운 건 없답니다.
	(사자 등장.)
사자	각하, 도주 중이었던 당신 동생 존이 잡혀 125
	군인들과 더불어 메시나로 돌아왔답니다.
베네디크	내일까지 그이 생각은 마십시오. 제가 멋진 벌을
	마련해 보겠습니다. 피리를 불어라! (춤. 함께 퇴장)

123행 뿔 ... 지팡이
노인이 쓰는 보행용 지팡이, 홀처럼 생긴 통치의 상징물, 남편을 지탱해 주는 아내. (아든)

헛소문에 큰 소동

작품 해설
헛소문으로 태어난 사랑

    윌리엄 셰익스피어(1564~1616)는 『실수 희극』(1592~1594)을 시작으로 『잣대엔 잣대로』(1604)까지 총 열세 편의 희극을 썼다. 그 가운데 여기에 모인 다섯은 — 『한여름 밤의 꿈』(1595~1596), 『베니스의 상인』(1596~1597), 『좋으실 대로』(1599), 『십이야』(1601~1602), 그리고 『헛소문에 큰 소동』(1598~1599) — 소위 명작이라 불리는 작품들이다. 이들 희극은 그 내용이 다양하여 한마디로 정의하기 어렵다. 그러나 이들이 희극으로 분류되는 이유는 적어도 두 가지 공통 요소를 갖추고 있기 때문이다. 우선 우리 관객이나 독자들에게 전체적으로 슬픔보다는 기쁨, 울음보다는 웃음을 준다. 그 웃음의 성격이 밝고 순수할 수도 있고 조소나 실소에 가까울 수도 있지만 어쨌든 우리를 심각한 슬픔에 빠뜨리거나 울게 하지는 않는다. 둘째, 극의 시작은 비록 심각하거나 비극적일 수 있어도 그런 갈등은 결국 화합에 이르고 행복하게 마무리된다. 적어도 주인공이나 중요한 인물이 죽는 일은 없고 그 대신 화합의 상징인 결혼이 있다. 이것이 여기에 모인 셰익스피어의 다섯 극작품이 희극이란 장르로 묶여 있는 까닭이다. 그러면 이제부터 『헛소문에 큰 소동』을 희극의 두 핵심 요소 가운데 하나인 결혼이라는 공통분모를 통하여 간략하게 소개해 보기로 하자.

1

    『헛소문에 큰 소동』에서 가장 크고 심각한 소동은 헤로의 불륜 소문 때문에 벌어진다. 헤로와 결혼하기로 약속한 클라우디오는 그녀가 외간 남자와 만나는 장면을, 그것도 결혼 바로 전날 밤, 자기 눈으로 직접 봤다고 확신하고 결혼식 날 주례와 헤로 및 모든 하객들 앞에서 그녀와 결혼하지 않겠다고 선언하면서 장인 레오나토에게 "속이 썩은 이 오렌지, 친구에게 주지는 마시오."(4.1.31)라는 모욕적인 말을 남기고 예식장을 떠난다. 그 결과 헤로는 기절하고, 그녀의 아버지 레오나토는 그녀를 살리기보다는 차라리 죽게 내버려 두기를 원한다. 불명예를 안고 사느니 죽는 게 더 낫다고 하면서. 그리고 그녀는 비록 주례 신부의 권고에 따라 죽음을 위장한 채 살아남지만 그녀의 가짜 죽음은 극의 결말에서 그녀가 환생하여 클라우디오와 중단됐던 결혼을 끝마칠 때까지 이 극에 비극적인 그림자를 — 예컨대 헤로의 결백을 의심치 않는 베아트리스가 베네디크에게 클라우디오를 죽이라고 명령하는 식으로 — 드리운다.

그러나 제목에 암시되어 있듯 이 극의 종착역은 희극이고 청춘남녀 두 쌍의 행복한 결혼으로 끝난다. 따라서 이 극의 나머지 모든 사건은 헤로의 불륜 소문이 갖고 있는 비극적인 영향력을 줄이거나 덮는 쪽으로 움직일 수밖에 없다. 그리고 그런 희극적 목적은 주로 세 가지 방식으로 이뤄진다. 첫째, 이 극은 그것의 첫 번째 소문을 처리하는 과정에서 희극적 분위기와 방향성을 분명히 드러낸다. 둘째, 그럼에도 두 번째 소문이 자라나 헤로의 불륜 조작으로 번졌을 때 그것이 완전히 날조되었음을 미리 들통 나게 만들어 그 파괴력을 사전에 누그러뜨린다. 셋째, 헤로의 불륜 소문과 나란히 베네디크와 베아트리스의 사랑 소문을 퍼뜨려 그들을 애정으로 결합시킴으로써, 그리고 그 과정에서 커다란 웃음을 선사함으로써 이 극의 희극성을 강화한다.

2

이제 이 세 가지 희극성 강화 방식을 좀 더 상세하게 살펴보기로 하자. 첫째, 헤로의 불륜 소문은 다른 모든 소문과 마찬가지로 돈 페드로의 선심에서 출발한다. 그는 막 끝난 전쟁에서 큰 공을 세운 두 추종자, 클라우디오와 베네디크에게 적당한 짝을 찾아주는 방식으로 그들의 공적에 보답하고 싶어 한다. 그때 마침 클라우디오가 그들이 방문한 메시나의 총독 레오나토의 딸 헤로를 좋아한다는 얘기를 들은 돈 페드로는 그에게 다음과 같이 약속한다.

오늘 밤에 술잔치가 있다고 아는데,

난 약간의 변장으로 자네 모습 취한 다음

헤로에게 내가 클라우디오라고 말하고

그녀의 가슴속에 내 마음을 펼치면서

내 연애 얘기의 강력한 힘으로

그녀 귀를 공략하여 죄수로 만들겠네.

그런 다음 그녀 아버지에게 말 꺼내면

그 결론은 그녀는 자네 차지, 그거라네. (1.1.293-300)

즉 돈 페드로는 클라우디오 본인이 해야 할 사랑과 구애의 과정을 자신이 대행한 다음 헤로를 그에게 넘겨주겠다는 말이다. 클라우디오는 그런 조건에 동의했고 이 작업은 곧바로 실행에 옮겨진다.

그러나 그리되기 직전에 헤로의 아버지 레오나토는 동생인 안토니오로부터 이 극의 첫 번째 헛소문을 다음과 같이 전달받는다. "제 하인이 들었다고 합니다. 군주님이 클라우디오에게 밝히기를 자기는 형님 딸인 제 질녀를 사랑하는데, 그 사실을 오늘 밤 춤출 때 털어놓을 참이고, 질녀가 동의하면 그 순간을 확 낚아채 즉시 형님에게 그에 대한 얘기를 꺼낼 거라고요."(1.2.9-14) 여기에서 우리는 돈 페드로의 앞선 약속이 어떻게 듣는 사람의 구미에 맞게 왜곡되어 전달되는지 곧바로 알 수 있다. 돈 페드로의 대리 구애는 그 자신을 위한 사랑과 결혼으로 둔갑했는데, 그것은 안토니오의 귀에 대리 구애보다 훨씬 더 달콤하게 들릴 것이 틀림없기 때문이다. 백작 사위보다는 군주 사위가 훨씬 더 레오나토의 마음을 사로잡을 테니까. 그러나 레오나토는 너무나 꿈만 같은 이 소문을 곧이곧대로 믿지 않고 적당한 선에서, 즉 딸에게 만약의 경우에 대비하라는 지침을 내리는 선에서 받아들인다. 이렇게 약간의 흥분과 소동으로 끝나는 이 장면은 이 극 전체의 분위기와 결말을 상징적으로 보여 준다. 이 극에서 들리는 여러 가지 소문은 전하는 자와 듣는 자의 의도와 성향에 따라 언제든지 왜곡되거나 침소봉대될 수 있지만 근거가 전혀 없거나 희박할 경우 그것은 크고 작은 소동을 잠시 동안 일으킬 수는 있으나 본질적인 변화를 낳지는 못한다고.

그리고 이 극의 두 번째 헛소문이 바로 이 같은 경로를 통해 발생하고 비극적으로 발전한 뒤 헤로의 가짜 죽음과 기적적인 환생으로 소멸된다. 그것은 보라키오가 들은 말을 그의 주인 돈 존에게 전달하는 과정에서 생겨난다. "제가 곰팡내 나는 방에서 향 피우는 일을 하고 있는데, 군주님과 클라우디오가 손을 맞잡고 진지한 대화를 나누며 들어왔어요. 전 재빨리 휘장 뒤로 숨었고, 거기에서 군주님이 자신을 위하여 헤로에게 구애하고 그녀를 얻은 다음에는 클라우디오 백작에게 주기로 합의하는 걸 들었어요."(1.3.52-58) 보라키오는 물론 우리가 앞서 봤던 돈 페드로의 대리 구애 약속을 거의 그대로 되풀이한다. 그러면서도 이 소문을 불만에 찬 그의 주인 돈 존의 구미에 맞춰 살짝, 아주 살짝 비틀어 전한다. 군주님의 대리 구애가 실은 그 자신을 위한 것이라고. 이는 사실 맞는 말이다. 돈 페드로는 비록 잠시 동안이지만 클라우디오인 것처럼 말하고 행동해야 하니까. 그러나 그런 행동을 그의 진심인 것처럼 포장하는 일은 악의적으로 해석될 빌미를 줄 수 있는 왜곡이다. 그리고 바로 이 빌미를, 형님 군주와 그를 도와 자신을 패배시킨 클라우디오에게 커다란 적개심과 복수심을 품은 돈 존이 포착하고 그것을 자기 "불쾌감의 연료"(1.3.58)로 삼으며, 그 사실에 고무된 보라키오는 급기야 클라우디오의 행복한 결혼을 망치기 위해 헤로의 불륜 장면을 꾸며 낼 계획을 세우고, 자신의 사랑과 결혼을 돈 페드로의 도움에 의존하여 성취한 클라우디오는 질투심과 자신감 부족으로 돈 존 일당의 꾐에 넘어가 결혼식 전날 밤 헤로의 거짓 불륜 장면을 직접, 조작된 것인 줄 모르고, 목격한 뒤 결혼식에서 파혼을 선언하게 된다.

3

그러나 청춘남녀 두 쌍의 결혼으로 끝나는 희극인 이 극은 사태가 이렇게 일방적으로 무겁게 흘러가도록 내버려 두지 않는다. 돈 존 일당의 결혼 방해 공작과 나란히 베네디크와 베아트리스의 '강제' 짝짓기 계획 또한 착착 진행되기 때문이다. 그리고 이 계획 또한 그 출발점은 돈 페드로의 선심이다. 그는 클라우디오 못지않게 베네디크에게도 적당한 짝을 찾아주고 싶어 한다. 그러나 클라우디오와 달리 베네디크는 사랑과 결혼에 부정적이다. 그런 생각에 맞장구치는 베아트리스와 함께. 그러나 큐피드에 대한 베네디크의 강력한 저항감을 어떻게든 꺾은 다음 그를 사랑의 노예로 만들고 싶어 하는 돈 페드로는 레오나토, 클라우디오, 헤로의 도움을 받아 베네디크와 베아트리스 둘에게 거짓 사랑의 덫을 놓는다. 베네디크와 베아트리스가 서로에게 보이는 무관심이나 서로를 향한 날선 비판, 그리고 주고받는 말싸움은 실은 표면으로 드러나지 않은 강력한 사랑의 증거라는 헛소문을 그와 그녀가 그것을 엿들을 수 있는 장소로 유인하여 듣게 만든다. 그리고 이 헛소문의 미끼를 문 두 사람은 애초부터 서로에 대한 애착이 있었기 때문에 결국 마지못해 굴복하는 척하며 서로의 사랑을 고백하고 결혼을 약속한다. 그리고 그 과정에서 모든 것이 계책이고 술수임을 아는 관객에게 커다란 웃음을 선사함으로써 극의 분위기가 밝아지게 만든다. 특히 2막 3장과 3막 1장에 걸쳐 진행되는 베네디크와 베아트리스의 사랑 몰이 장면에서 그들이 허둥대며 가짜 사랑 덫에 빠져드는 모습, 참사랑 미끼의 달콤한 맛에 취해 어쩔 줄 모르는 모습은 헤로의 불륜 모의가 드리우는 어둠을 잠시나마 말끔히 걷어 낸다.

그럼에도 돈 존의 클라우디오 결혼 방해 작전이 계속되면서 클라우디오가 돈 존의 제안, 즉 헤로의 불륜 장면을 직접 보게 해 주겠다는 제안을 받아들였을 때(3.2.98-101) 극은 그것의 희극성 회복을 위한 마지막 카드를 내놓는다. 도그베리와 베르제스 휘하의 자경단원들이 듣는데서 보라키오가 그의 동료 콘래드에게 헤로 불륜설의 전말을 고백하게 (3.3.134-152) 만들기 때문이다. 이로써 관객들은 돈 존의 음모가 곧 발각되어 진실이 드러날 것이고 클라우디오는 헤로와, 베네디크는 베아트리스와 행복하게 결혼할 것이라는 기대를 품게 된다. 물론 자경단의 보고는 도그베리의 기묘하게 장황한 설명으로 그 진의가 레오나토에게 바로 전달되지 못하고, 그 때문에 결혼식은 예상대로 파혼으로 끝나면서 헤로의 기절과 가짜 죽음 사건이 연달아 벌어진다. 하지만 돈 존 일당의 음모가 사전에 발각된 사실은 극의 방향을 비극에서 희극 쪽으로 돌려놓는 결정적인 역할을 하게 된다. 뿐만 아니라 도그베리와 그의 동무들은 그들의 괴이한, 종잡을 수 없는 언행으로 관객들에게 많은 웃음까지 유발한다. 그들은 베네디크/베아트리스 쌍과 더불어 이 극이 일으키는 수많은 웃음의 진원지 역할을 하는 셈이다. 그리하여 극의 모든 헛소문은 이런저런 크고 작은 소동을 뒤로한 채 사라지고 구름에 가려졌던 두 청춘 남녀의 사랑은 빛을 발하게 된다.

이번 번역은 클레어 맥이천(Claire McEachern) 편집의 아든 3판 (The Arden Shakespeare, 3rd Edition)『헛소문에 큰 소동(Much Ado About Nothing)』을 기본으로 하고, 블레이크모아 에번스(G. Blakemore Evans) 편집의 리버사이드 셰익스피어(The Riverside Shakespeare) 판과, 조너선 베이트와 에릭 라스무센(Jonathan Bate and Eric Rasmussen) 편집의 로열 셰익스피어 컴퍼니(The Royal Shakespeare Company) 판을 참조하였다. 본문의 주에 나타나는 '아든', '리버사이드', 'RSC'는 이들 판본을 가리킨다. 그리고 편리함을 목적으로 한글『헛소문에 큰 소동』의 대사 행수를 5단위로 명기하였으며 이는 원문의 행수와 정확히 일치하지 않음을 밝힌다.

작가 연보

1564년	아버지 존 셰익스피어와 어머니 메리 아든의 장남으로 스트랫퍼드어폰에이번에서 태어남. 4월 26일 세례 받음.
1582년	11월 여덟 살 연상의 앤 해서웨이와 결혼.
1583년	딸 수재너 태어남. 5월 26일 세례 받음.
1585년	아들 햄닛과 딸 주디스(쌍둥이) 태어남. 2월 2일 세례 받음.
1588 – 1589년	런던에서 최초의 극작품들이 공연됨.
1588 – 1590년	식구들을 두고 런던으로 감.
1590 – 1591년	3부작 『헨리 6세 (Henry VI)』.
1592 – 1594년	시집 『비너스와 아도니스 (Venus and Adonis)』, 『루크리스의 강간 (The Rape of Lucrece)』 출간. 두 시집 모두 사우샘프턴 백작에게 헌정. 로드 체임벌린스 멘 극단의 주주가 됨. 『리처드 3세 (Richard III)』, 『실수 희극 (The Comedy of Errors)』, 『티투스 안드로니쿠스 (Titus Andronicus)』, 『말괄량이 길들이기 (The Taming of the Shrew)』,

『베로나의 두 신사 (The Two Gentlemen of Verona)』.

1595 - 1597년 『사랑의 수고는 수포로 (Love's Labour's Lost)』,
『존 왕 (King John)』, 『리처드 2세 (Richard II)』,
『로미오와 줄리엣 (Romeo and Juliet)』,
『한여름 밤의 꿈 (A Midsummer Night's Dream)』,
『베니스의 상인 (The Merchant of Venice)』,
『헨리 4세 1부 (Henry IV, Part 1)』,
『윈저의 즐거운 아낙네들 (The Merry Wives of Windsor)』.

1596년 아들 햄닛 사망.
부친의 문장을 사용하는 것을 허가받음.

1597년 스트랫퍼드에서 뉴 플레이스 저택 구입.

1598 - 1599년 『헨리 4세 2부 (Henry IV, Part 2)』,
『헛소문에 큰 소동 (Much Ado About Nothing)』,
『헨리 5세 (Henry V)』, 『줄리어스 시저 (Julius Caesar)』,
『좋으실 대로 (As You Like It)』.
셰익스피어의 극단이 새로운 글로브 극장으로 옮겨 감.

1600년 『햄릿 (Hamlet)』.

1601 - 1602년 시집 『불사조와 산비둘기 (The Phoenix and the Turtle)』 출간.
『십이야 (Twelfth Night, or What You Will)』,

헛소문에 큰 소동

	『트로일로스와 크레시다 (Troilus and Cressida)』, 『끝이 좋으면 다 좋다 (All's Well That Ends Well)』.
1601년	부친 사망. 9월 8일 장례.
1603년	엘리자베스 여왕 사망. 스코틀랜드의 제임스 6세가 영국의 제임스 1세가 됨. 셰익스피어의 극단이 킹스 멘이 됨.
1604년	『잣대엔 잣대로 (Measure for Measure)』, 『오셀로 (Othello)』.
1605년	『리어 왕 (King Lear)』.
1606년	『맥베스 (Macbeth)』, 『안토니와 클레오파트라 (Antony and Cleopatra)』.
1607년	6월 5일 딸 수재너 결혼.
1607‐1608년	『코리올레이너스 (Coriolanus)』, 『아테네의 티몬 (Timon of Athens)』, 『페리클레스 (Pericles)』.
1608년	모친 사망. 9월 9일 장례.
1609‐1610년	『심벌린 (Cymbeline)』, 『겨울 이야기 (The Winter's Tale)』. 『소네트 (Sonnets)』 출간.

	셰익스피어의 극단이 블랙프라이어스 극장을 매입.
1611년	『태풍(The Tempest)』.
	스트랫퍼드로 은퇴.
1612–1613년	『헨리 8세(Henry VIII)』, 『카르데니오(Cardenio)』,
	『두 귀족 친척(The Two Noble Kinsman)』.
1616년	2월 10일 딸 주디스 결혼.
	스트랫퍼드에서 4월 23일 사망.
1623년	글로브 극장 시절의 동료 배우 존 헤밍과 헨리 콘델이 편집한 셰익스피어의 극작품들이 이절판으로 출판됨.
	부인 앤 해서웨이 사망.

Much Ado About Nothing

Characters in the Play

LEONATO, Governor of Messina

HERO, his daughter

BEATRICE, his niece

LEONATO'S BROTHER

MARGARET ⌉
⌊ Waiting gentlewomen to Hero
URSULA

DON PEDRO, Prince of Aragon

COUNT CLAUDIO, a young lord from Florence

SIGNIOR BENEDICK, a gentleman from Padua

BALTHASAR

SIGNIOR ANTONIO

DON JOHN, Don Pedro's brother

BORACHIO ⌉
⌊ Don John's followers
CONRADE

DOGBERRY, Master Constable in Messina

VERGES, Dogberry's partner

GEORGE SEACOAL, leader of the Watch

FIRST WATCHMAN

SECOND WATCHMAN

SEXTON

FRIAR FRANCIS

MESSENGER to Leonato

MESSENGER to Don Pedro

BOY

Musicians, Lords, Attendants, Son to Leonato's brother

ACT 1 Scene 1

Enter Leonato, Governor of Messina, Hero his daughter,
and Beatrice his niece, with a Messenger.

LEONATO [with a letter] I learn in this letter that Don
Pedro of Aragon comes this night to Messina.

MESSENGER He is very near by this. He was not three
leagues off when I left him.

LEONATO How many gentlemen have you lost in this action?

MESSENGER But few of any sort, and none of name.

LEONATO A victory is twice itself when the achiever
brings home full numbers. I find here that Don
Pedro hath bestowed much honor on a young
Florentine called Claudio.

MESSENGER Much deserved on his part, and equally remembered by
Don Pedro. He hath borne himself beyond the promise
of his age, doing in the figure of a lamb the feats of a
lion. He hath indeed better bettered expectation than
you must expect of me to tell you how.

LEONATO He hath an uncle here in Messina will be
very much glad of it.

MESSENGER I have already delivered him letters, and
there appears much joy in him, even so much that
joy could not show itself modest enough without a
badge of bitterness.

LEONATO Did he break out into tears?

MESSENGER In great measure.

LEONATO	A kind overflow of kindness. There are no faces truer than those that are so washed. How much better is it to weep at joy than to joy at weeping!
BEATRICE	I pray you, is Signior Mountanto returned from the wars or no?
MESSENGER	I know none of that name, lady. There was none such in the army of any sort.
LEONATO	What is he that you ask for, niece?
HERO	My cousin means Signior Benedick of Padua.
MESSENGER	O, he's returned, and as pleasant as ever he was.
BEATRICE	He set up his bills here in Messina and challenged Cupid at the flight, and my uncle's Fool, reading the challenge, subscribed for Cupid and challenged him at the bird-bolt. I pray you, how many hath he killed and eaten in these wars? But how many hath he killed? For indeed I promised to eat all of his killing.
LEONATO	Faith, niece, you tax Signior Benedick too much, but he'll be meet with you, I doubt it not.
MESSENGER	He hath done good service, lady, in these wars.
BEATRICE	You had musty victual, and he hath holp to eat it. He is a very valiant trencherman; he hath an excellent stomach.
MESSENGER	And a good soldier too, lady.
BEATRICE	And a good soldier to a lady, but what is he to a lord?
MESSENGER	A lord to a lord, a man to a man, stuffed with all honorable virtues.
BEATRICE	It is so indeed. He is no less than a stuffed man, but for the stuffing — well, we are all mortal.
LEONATO	You must not, sir, mistake my niece. There is a kind of merry war betwixt Signior Benedick and her. They never meet but there's a skirmish of wit between them.

BEATRICE	Alas, he gets nothing by that. In our last conflict, four of his five wits went halting off, and now is the whole man governed with one, so that if he have wit enough to keep himself warm, let him bear it for a difference between himself and his horse, for it is all the wealth that he hath left to be known a reasonable creature. Who is his companion now? He hath every month a new sworn brother.
MESSENGER	Is 't possible?
BEATRICE	Very easily possible. He wears his faith but as the fashion of his hat; it ever changes with the next block.
MESSENGER	I see, lady, the gentleman is not in your books.
BEATRICE	No. An he were, I would burn my study. But I pray you, who is his companion? Is there no young squarer now that will make a voyage with him to the devil?
MESSENGER	He is most in the company of the right noble Claudio.
BEATRICE	O Lord, he will hang upon him like a disease! He is sooner caught than the pestilence, and the taker runs presently mad. God help the noble Claudio! If he have caught the Benedick, it will cost him a thousand pound ere he be cured.
MESSENGER	I will hold friends with you, lady.
BEATRICE	Do, good friend.
LEONATO	You will never run mad, niece.
BEATRICE	No, not till a hot January.
MESSENGER	Don Pedro is approached.
	[Enter Don Pedro, Prince of Aragon, with Claudio, Benedick, Balthasar, and John the Bastard.]
PRINCE	Good Signior Leonato, are you come to meet your trouble? The fashion of the world is to avoid cost, and you encounter it.

131

LEONATO	Never came trouble to my house in the likeness of your Grace, for trouble being gone, comfort should remain, but when you depart from me, sorrow abides and happiness takes his leave.
PRINCE	You embrace your charge too willingly. [Turning to Hero.] I think this is your daughter.
LEONATO	Her mother hath many times told me so.
BENEDICK	Were you in doubt, sir, that you asked her?
LEONATO	Signior Benedick, no, for then were you a child.
PRINCE	You have it full, Benedick. We may guess by this what you are, being a man. Truly the lady fathers herself. — Be happy, lady, for you are like an honorable father.
	[Leonato and the Prince move aside.]
BENEDICK	If Signior Leonato be her father, she would not have his head on her shoulders for all Messina, as like him as she is.
BEATRICE	I wonder that you will still be talking, Signior Benedick, nobody marks you.
BENEDICK	What, my dear Lady Disdain! Are you yet living?
BEATRICE	Is it possible disdain should die while she hath such meet food to feed it as Signior Benedick? Courtesy itself must convert to disdain if you come in her presence.
BENEDICK	Then is courtesy a turncoat. But it is certain I am loved of all ladies, only you excepted; and I would I could find in my heart that I had not a hard heart, for truly I love none.
BEATRICE	A dear happiness to women. They would else have been troubled with a pernicious suitor. I thank God and my cold blood I am of your humor for that. I had rather hear my dog bark at a crow

than a man swear he loves me.

BENEDICK God keep your Ladyship still in that mind, so some gentleman or other shall 'scape a predestinate scratched face.

BEATRICE Scratching could not make it worse an 'twere such a face as yours were.

BENEDICK Well, you are a rare parrot-teacher.

BEATRICE A bird of my tongue is better than a beast of yours.

BENEDICK I would my horse had the speed of your tongue and so good a continuer, but keep your way, i' God's name, I have done.

BEATRICE You always end with a jade's trick. I know you of old.

[Leonato and the Prince come forward.]

PRINCE That is the sum of all, Leonato. — Signior Claudio and Signior Benedick, my dear friend Leonato hath invited you all. I tell him we shall stay here at the least a month, and he heartily prays some occasion may detain us longer. I dare swear he is no hypocrite, but prays from his heart.

LEONATO If you swear, my lord, you shall not be forsworn. [To Don John.] Let me bid you welcome, my lord, being reconciled to the Prince your brother, I owe you all duty.

DON JOHN I thank you. I am not of many words, but I thank you.

LEONATO Please it your Grace lead on?

PRINCE Your hand, Leonato. We will go together.

[All exit except Benedick and Claudio.]

CLAUDIO Benedick, didst thou note the daughter of Signior Leonato?

BENEDICK I noted her not, but I looked on her.

CLAUDIO Is she not a modest young lady?

BENEDICK Do you question me as an honest man

	should do, for my simple true judgment? Or would you have me speak after my custom, as being a professed tyrant to their sex?
CLAUDIO	No, I pray thee, speak in sober judgment.
BENEDICK	Why, i' faith, methinks she's too low for a high praise, too brown for a fair praise, and too little for a great praise. Only this commendation I can afford her, that were she other than she is, she were unhandsome, and being no other but as she is, I do not like her.
CLAUDIO	Thou thinkest I am in sport. I pray thee tell me truly how thou lik'st her.
BENEDICK	Would you buy her that you enquire after her?
CLAUDIO	Can the world buy such a jewel?
BENEDICK	Yea, and a case to put it into. But speak you this with a sad brow? Or do you play the flouting jack, to tell us Cupid is a good hare-finder and Vulcan a rare carpenter? Come, in what key shall a man take you to go in the song?
CLAUDIO	In mine eye she is the sweetest lady that ever I looked on.
BENEDICK	I can see yet without spectacles, and I see no such matter. There's her cousin, an she were not possessed with a fury, exceeds her as much in beauty as the first of May doth the last of December. But I hope you have no intent to turn husband, have you?
CLAUDIO	I would scarce trust myself, though I had sworn the contrary, if Hero would be my wife.
BENEDICK	Is 't come to this? In faith, hath not the world one man but he will wear his cap with suspicion? Shall I never see a bachelor of threescore again? Go to,

i' faith, an thou wilt needs thrust thy neck into a
yoke, wear the print of it, and sigh away Sundays.
Look, Don Pedro is returned to seek you.

[Enter Don Pedro, Prince of Aragon.]

PRINCE   What secret hath held you here that you followed
             not to Leonato's?

BENEDICK   I would your Grace would constrain me to tell.

PRINCE   I charge thee on thy allegiance.

BENEDICK   You hear, Count Claudio, I can be secret as a dumb man,
             I would have you think so, but on my allegiance — mark
             you this, on my allegiance — he is in love. With who?
             Now, that is your Grace's part. Mark how short his
             answer is: with Hero, Leonato's short daughter.

CLAUDIO   If this were so, so were it uttered.

BENEDICK   Like the old tale, my lord: "It is not so, nor 'twas
             not so, but, indeed, God forbid it should be so."

CLAUDIO   If my passion change not shortly, God forbid
             it should be otherwise.

PRINCE   Amen, if you love her, for the lady is very well worthy.

CLAUDIO   You speak this to fetch me in, my lord.

PRINCE   By my troth, I speak my thought.

CLAUDIO   And in faith, my lord, I spoke mine.

BENEDICK   And by my two faiths and troths, my lord, I
             spoke mine.

CLAUDIO   That I love her, I feel.

PRINCE   That she is worthy, I know.

BENEDICK   That I neither feel how she should be loved nor know
             how she should be worthy is the opinion that fire
             cannot melt out of me. I will die in it at the stake.

PRINCE   Thou wast ever an obstinate heretic in the
             despite of beauty.

CLAUDIO	And never could maintain his part but in the force of his will.
BENEDICK	That a woman conceived me, I thank her; that she brought me up, I likewise give her most humble thanks. But that I will have a recheat winded in my forehead or hang my bugle in an invisible baldrick, all women shall pardon me. Because I will not do them the wrong to mistrust any, I will do myself the right to trust none. And the fine is, for the which I may go the finer, I will live a bachelor.
PRINCE	I shall see thee, ere I die, look pale with love.
BENEDICK	With anger, with sickness, or with hunger, my lord, not with love. Prove that ever I lose more blood with love than I will get again with drinking, pick out mine eyes with a ballad-maker's pen and hang me up at the door of a brothel house for the sign of blind Cupid.
PRINCE	Well, if ever thou dost fall from this faith, thou wilt prove a notable argument.
BENEDICK	If I do, hang me in a bottle like a cat and shoot at me, and he that hits me, let him be clapped on the shoulder and called Adam.
PRINCE	Well, as time shall try. In time the savage bull doth bear the yoke.
BENEDICK	The savage bull may, but if ever the sensible Benedick bear it, pluck off the bull's horns and set them in my forehead, and let me be vilely painted, and in such great letters as they write "Here is good horse to hire" let them signify under my sign "Here you may see Benedick the married man."
CLAUDIO	If this should ever happen, thou wouldst be horn-mad.

PRINCE	Nay, if Cupid have not spent all his quiver in Venice, thou wilt quake for this shortly.
BENEDICK	I look for an earthquake too, then.
PRINCE	Well, you will temporize with the hours. In the meantime, good Signior Benedick, repair to Leonato's. Commend me to him, and tell him I will not fail him at supper, for indeed he hath made great preparation.
BENEDICK	I have almost matter enough in me for such an embassage, and so I commit you —
CLAUDIO	To the tuition of God. From my house, if I had it —
PRINCE	The sixth of July. Your loving friend, Benedick.
BENEDICK	Nay, mock not, mock not. The body of your discourse is sometimes guarded with fragments, and the guards are but slightly basted on neither. Ere you flout old ends any further, examine your conscience. And so I leave you. [He exits.]
CLAUDIO	My liege, your Highness now may do me good.
PRINCE	My love is thine to teach. Teach it but how, And thou shalt see how apt it is to learn Any hard lesson that may do thee good.
CLAUDIO	Hath Leonato any son, my lord?
PRINCE	No child but Hero; she's his only heir. Dost thou affect her, Claudio?
CLAUDIO	O, my lord, When you went onward on this ended action, I looked upon her with a soldier's eye, That liked, but had a rougher task in hand Than to drive liking to the name of love. But now I am returned and that war thoughts Have left their places vacant, in their rooms Come thronging soft and delicate desires,

	All prompting me how fair young Hero is,
	Saying I liked her ere I went to wars.
PRINCE	Thou wilt be like a lover presently
	And tire the hearer with a book of words.
	If thou dost love fair Hero, cherish it,
	And I will break with her and with her father,
	And thou shalt have her. Was 't not to this end
	That thou began'st to twist so fine a story?
CLAUDIO	How sweetly you do minister to love,
	That know love's grief by his complexion!
	But lest my liking might too sudden seem,
	I would have salved it with a longer treatise.
PRINCE	What need the bridge much broader than the flood?
	The fairest grant is the necessity.
	Look what will serve is fit. 'Tis once, thou lovest,
	And I will fit thee with the remedy.
	I know we shall have reveling tonight.
	I will assume thy part in some disguise
	And tell fair Hero I am Claudio,
	And in her bosom I'll unclasp my heart
	And take her hearing prisoner with the force
	And strong encounter of my amorous tale.
	Then after to her father will I break,
	And the conclusion is, she shall be thine.
	In practice let us put it presently.

[They exit.]

ACT 1 Scene 2

Enter Leonato, meeting an old man, brother to
Leonato.

LEONATO   How now, brother, where is my cousin, your
son? Hath he provided this music?

LEONATO'S BROTHER   He is very busy about it. But,
brother, I can tell you strange news that you yet
dreamt not of.

LEONATO   Are they good?

LEONATO'S BROTHER   As the events stamps them, but
they have a good cover; they show well outward.
The Prince and Count Claudio, walking in a thick-
pleached alley in mine orchard, were thus much
overheard by a man of mine: the Prince discovered
to Claudio that he loved my niece your daughter and
meant to acknowledge it this night in a dance, and if
he found her accordant, he meant to take the present
time by the top and instantly break with you of it.

LEONATO   Hath the fellow any wit that told you this?

LEONATO'S BROTHER   A good sharp fellow. I will send
for him, and question him yourself.

LEONATO   No, no, we will hold it as a dream till it appear
itself. But I will acquaint my daughter withal, that
she may be the better prepared for an answer, if
peradventure this be true. Go you and tell her of it.
[Enter Antonio's son, with a Musician and Attendants.]
Cousins, you know what you have to do. — O, I cry
you mercy, friend. Go you with me and I will use

your skill. — Good cousin, have a care this busy time.

[They exit.]

ACT 1 Scene 3

Enter Sir John the Bastard, and Conrade, his companion.

CONRADE   What the goodyear, my lord, why are you thus out of measure sad?

DON JOHN   There is no measure in the occasion that breeds. Therefore the sadness is without limit.

CONRADE   You should hear reason.

DON JOHN   And when I have heard it, what blessing brings it?

CONRADE   If not a present remedy, at least a patient sufferance.

DON JOHN   I wonder that thou, being, as thou sayst thou art, born under Saturn, goest about to apply a moral medicine to a mortifying mischief. I cannot hide what I am. I must be sad when I have cause, and smile at no man's jests; eat when I have stomach, and wait for no man's leisure; sleep when I am drowsy, and tend on no man's business; laugh when I am merry, and claw no man in his humor.

CONRADE   Yea, but you must not make the full show of this till you may do it without controlment. You have of late stood out against your brother, and he hath ta'en you newly into his grace, where it is impossible you should take true root but by the fair weather that you make yourself. It is needful that you frame the season for your own harvest.

DON JOHN I had rather be a canker in a hedge than a rose in his grace, and it better fits my blood to be disdained of all than to fashion a carriage to rob love from any. In this, though I cannot be said to be a flattering honest man, it must not be denied but I am a plain-dealing villain. I am trusted with a muzzle and enfranchised with a clog; therefore I have decreed not to sing in my cage. If I had my mouth, I would bite; if I had my liberty, I would do my liking. In the meantime, let me be that I am, and seek not to alter me.

CONRADE Can you make no use of your discontent?

DON JOHN I make all use of it, for I use it only. Who comes here?

[Enter Borachio.]

What news, Borachio?

BORACHIO I came yonder from a great supper. The Prince your brother is royally entertained by Leonato, and I can give you intelligence of an intended marriage.

DON JOHN Will it serve for any model to build mischief on? What is he for a fool that betroths himself to unquietness?

BORACHIO Marry, it is your brother's right hand.

DON JOHN Who, the most exquisite Claudio?

BORACHIO Even he.

DON JOHN A proper squire. And who, and who? Which way looks he?

BORACHIO Marry, on Hero, the daughter and heir of Leonato.

DON JOHN A very forward March chick! How came you to this?

BORACHIO Being entertained for a perfumer, as I was smoking a musty room, comes me the Prince and Claudio,

hand in hand, in sad conference. I whipped me
behind the arras, and there heard it agreed upon
that the Prince should woo Hero for himself, and
having obtained her, give her to Count Claudio.

DON JOHN Come, come, let us thither. This may prove food to my
displeasure. That young start-up hath all the glory of
my overthrow. If I can cross him any way, I bless myself
every way. You are both sure, and will assist me?

CONRADE To the death, my lord.

DON JOHN Let us to the great supper. Their cheer is the
greater that I am subdued. Would the cook were o'
my mind! Shall we go prove what's to be done?

BORACHIO We'll wait upon your Lordship.

[They exit.]

ACT 2 Scene 1

Enter Leonato, his brother, Hero his daughter, and
Beatrice his niece, with Ursula and Margaret.

LEONATO Was not Count John here at supper?

LEONATO'S BROTHER I saw him not.

BEATRICE How tartly that gentleman looks! I never
can see him but I am heartburned an hour after.

HERO He is of a very melancholy disposition.

BEATRICE He were an excellent man that were made just
in the midway between him and Benedick. The one
is too like an image and says nothing, and the other
too like my lady's eldest son, evermore tattling.

LEONATO   Then half Signior Benedick's tongue in
               Count John's mouth, and half Count John's melancholy
               in Signior Benedick's face —

BEATRICE   With a good leg and a good foot, uncle, and
               money enough in his purse, such a man would win
               any woman in the world if he could get her goodwill.

LEONATO   By my troth, niece, thou wilt never get thee a
               husband if thou be so shrewd of thy tongue.

LEONATO'S BROTHER   In faith, she's too curst.

BEATRICE   Too curst is more than curst. I shall lessen God's
               sending that way, for it is said "God sends a curst cow
               short horns," but to a cow too curst, he sends none.

LEONATO   So, by being too curst, God will send you no horns.

BEATRICE   Just, if He send me no husband, for the which
               blessing I am at Him upon my knees every morning
               and evening. Lord, I could not endure a husband with
               a beard on his face. I had rather lie in the woolen!

LEONATO   You may light on a husband that hath no beard.

BEATRICE   What should I do with him? Dress him in my
               apparel and make him my waiting gentlewoman?
               He that hath a beard is more than a youth, and he
               that hath no beard is less than a man; and he that is
               more than a youth is not for me, and he that is less
               than a man, I am not for him. Therefore I will even
               take sixpence in earnest of the bearherd, and lead
               his apes into hell.

LEONATO   Well then, go you into hell?

BEATRICE   No, but to the gate, and there will the devil
               meet me like an old cuckold with horns on his
               head, and say "Get you to heaven, Beatrice, get you
               to heaven; here's no place for you maids." So deliver

143

I up my apes and away to Saint Peter; for the
heavens, he shows me where the bachelors sit, and
there live we as merry as the day is long.

LEONATO'S BROTHER [to Hero] Well, niece, I trust you
will be ruled by your father.

BEATRICE Yes, faith, it is my cousin's duty to make curtsy and
say "Father, as it please you." But yet for all that,
cousin, let him be a handsome fellow, or else make
another curtsy and say "Father, as it please me."

LEONATO Well, niece, I hope to see you one day fitted
with a husband.

BEATRICE Not till God make men of some other metal
than earth. Would it not grieve a woman to be
overmastered with a piece of valiant dust? To make
an account of her life to a clod of wayward marl?
No, uncle, I'll none. Adam's sons are my brethren,
and truly I hold it a sin to match in my kindred.

LEONATO [to Hero] Daughter, remember what I told you. If
the Prince do solicit you in that kind, you know
your answer.

BEATRICE The fault will be in the music, cousin, if you
be not wooed in good time. If the Prince be too
important, tell him there is measure in everything,
and so dance out the answer. For hear me, Hero,
wooing, wedding, and repenting is as a Scotch jig, a
measure, and a cinquepace. The first suit is hot and
hasty like a Scotch jig, and full as fantastical; the
wedding, mannerly modest as a measure, full of
state and ancientry; and then comes repentance,
and with his bad legs falls into the cinquepace faster
and faster till he sink into his grave.

LEONATO	Cousin, you apprehend passing shrewdly.
BEATRICE	I have a good eye, uncle; I can see a church by daylight.
LEONATO	The revelers are entering, brother. Make good room.

[Leonato and his brother step aside.]

[Enter, with a Drum, Prince Pedro, Claudio, and Benedick, Signior Antonio, and Balthasar, all in masks, with Borachio and Don John.]

PRINCE	[to Hero] Lady, will you walk a bout with your friend? [They begin to dance.]
HERO	So you walk softly, and look sweetly, and say nothing, I am yours for the walk, and especially when I walk away.
PRINCE	With me in your company?
HERO	I may say so when I please.
PRINCE	And when please you to say so?
HERO	When I like your favor, for God defend the lute should be like the case.
PRINCE	My visor is Philemon's roof; within the house is Jove.
HERO	Why, then, your visor should be thatched.
PRINCE	Speak low if you speak love.

[They move aside;
Benedick and Margaret move forward.]

BENEDICK	[to Margaret] Well, I would you did like me.
MARGARET	So would not I for your own sake, for I have many ill qualities.
BENEDICK	Which is one?
MARGARET	I say my prayers aloud.
BENEDICK	I love you the better; the hearers may cry "Amen."
MARGARET	God match me with a good dancer.

[They separate; Benedick moves aside;
Balthasar moves forward.]

BALTHASAR	Amen.
MARGARET	And God keep him out of my sight when the dance is done. Answer, clerk.
BALTHASAR	No more words. The clerk is answered.

> [They move aside;
> Ursula and Antonio move forward.]

URSULA	I know you well enough. You are Signior Antonio.
ANTONIO	At a word, I am not.
URSULA	I know you by the waggling of your head.
ANTONIO	To tell you true, I counterfeit him.
URSULA	You could never do him so ill-well unless you were the very man. Here's his dry hand up and down. You are he, you are he.
ANTONIO	At a word, I am not.
URSULA	Come, come, do you think I do not know you by your excellent wit? Can virtue hide itself? Go to, mum, you are he. Graces will appear, and there's an end.

> [They move aside;
> Benedick and Beatrice move forward.]

BEATRICE	Will you not tell me who told you so?
BENEDICK	No, you shall pardon me.
BEATRICE	Nor will you not tell me who you are?
BENEDICK	Not now.
BEATRICE	That I was disdainful, and that I had my good wit out of The Hundred Merry Tales! Well, this was Signior Benedick that said so.
BENEDICK	What's he?
BEATRICE	I am sure you know him well enough.
BENEDICK	Not I, believe me.
BEATRICE	Did he never make you laugh?
BENEDICK	I pray you, what is he?

BEATRICE	Why, he is the Prince's jester, a very dull fool; only his gift is in devising impossible slanders. None but libertines delight in him, and the commendation is not in his wit but in his villainy, for he both pleases men and angers them, and then they laugh at him and beat him. I am sure he is in the fleet.I would he had boarded me.
BENEDICK	When I know the gentleman, I'll tell him what you say.
BEATRICE	Do, do. He'll but break a comparison or two on me, which peradventure not marked or not laughed at strikes him into melancholy, and then there's a partridge wing saved, for the fool will eat no supper that night. [Music for the dance.] We must follow the leaders.
BENEDICK	In every good thing.
BEATRICE	Nay, if they lead to any ill, I will leave them at the next turning.

[Dance. Then exit all except
Don John, Borachio, and Claudio.]

DON JOHN	[to Borachio] Sure my brother is amorous on Hero, and hath withdrawn her father to break with him about it. The ladies follow her, and but one visor remains.
BORACHIO	And that is Claudio. I know him by his bearing.
DON JOHN	[to Claudio] Are not you Signior Benedick?
CLAUDIO	You know me well. I am he.
DON JOHN	Signior, you are very near my brother in his love. He is enamored on Hero. I pray you dissuade him from her. She is no equal for his birth. You may do the part of an honest man in it.
CLAUDIO	How know you he loves her?
DON JOHN	I heard him swear his affection.
BORACHIO	So did I too, and he swore he would marry her tonight.

DON JOHN	Come, let us to the banquet.
	[They exit. Claudio remains.]
CLAUDIO	[unmasking]
	Thus answer I in name of Benedick,
	But hear these ill news with the ears of Claudio.
	'Tis certain so. The Prince woos for himself.
	Friendship is constant in all other things
	Save in the office and affairs of love.
	Therefore all hearts in love use their own tongues.
	Let every eye negotiate for itself
	And trust no agent, for beauty is a witch
	Against whose charms faith melteth into blood.
	This is an accident of hourly proof,
	Which I mistrusted not. Farewell therefore, Hero.
	[Enter Benedick.]
BENEDICK	Count Claudio?
CLAUDIO	Yea, the same.
BENEDICK	Come, will you go with me?
CLAUDIO	Whither?
BENEDICK	ven to the next willow, about your own business, county. What fashion will you wear the garland of? About your neck like an usurer's chain? Or under your arm like a lieutenant's scarf? You must wear it one way, for the Prince hath got your Hero.
CLAUDIO	I wish him joy of her.
BENEDICK	Why, that's spoken like an honest drover; so they sell bullocks. But did you think the Prince would have served you thus?
CLAUDIO	I pray you, leave me.
BENEDICK	Ho, now you strike like the blind man. 'Twas the boy that stole your meat, and you'll beat the post.

CLAUDIO	If it will not be, I'll leave you. [He exits.]
BENEDICK	Alas, poor hurt fowl, now will he creep into sedges. But that my Lady Beatrice should know me, and not know me! The Prince's fool! Ha, it may be I go under that title because I am merry. Yea, but so I am apt to do myself wrong. I am not so reputed! It is the base, though bitter, disposition of Beatrice that puts the world into her person and so gives me out. Well, I'll be revenged as I may.
	[Enter the Prince, Hero, and Leonato.]
PRINCE	Now, signior, where's the Count? Did you see him?
BENEDICK	Troth, my lord, I have played the part of Lady Fame. I found him here as melancholy as a lodge in a warren. I told him, and I think I told him true, that your Grace had got the goodwill of this young lady, and I offered him my company to a willow tree, either to make him a garland, as being forsaken, or to bind him up a rod, as being worthy to be whipped.
PRINCE	To be whipped? What's his fault?
BENEDICK	The flat transgression of a schoolboy who, being overjoyed with finding a bird's nest, shows it his companion, and he steals it.
PRINCE	Wilt thou make a trust a transgression? The transgression is in the stealer.
BENEDICK	Yet it had not been amiss the rod had been made, and the garland too, for the garland he might have worn himself, and the rod he might have bestowed on you, who, as I take it, have stolen his bird's nest.
PRINCE	I will but teach them to sing and restore them to the owner.
BENEDICK	If their singing answer your saying, by my

faith, you say honestly.

PRINCE The Lady Beatrice hath a quarrel to you. The gentleman that danced with her told her she is much wronged by you.

BENEDICK O, she misused me past the endurance of a block! An oak but with one green leaf on it would have answered her. My very visor began to assume life and scold with her. She told me, not thinking I had been myself, that I was the Prince's jester, that I was duller than a great thaw, huddling jest upon jest with such impossible conveyance upon me that I stood like a man at a mark with a whole army shooting at me. She speaks poniards, and every word stabs. If her breath were as terrible as her terminations, there were no living near her; she would infect to the North Star. I would not marry her though she were endowed with all that Adam had left him before he transgressed. She would have made Hercules have turned spit, yea, and have cleft his club to make the fire, too. Come, talk not of her. You shall find her the infernal Ate in good apparel. I would to God some scholar would conjure her, for certainly, while she is here, a man may live as quiet in hell as in a sanctuary, and people sin upon purpose because they would go thither. So indeed all disquiet, horror, and perturbation follows her.

[Enter Claudio and Beatrice.]

PRINCE Look, here she comes.

BENEDICK Will your Grace command me any service to the world's end? I will go on the slightest errand now to the Antipodes that you can devise to send

me on. I will fetch you a toothpicker now from the
furthest inch of Asia, bring you the length of Prester
John's foot, fetch you a hair off the great Cham's
beard, do you any embassage to the Pygmies, rather
than hold three words' conference with this harpy.
You have no employment for me?

PRINCE None but to desire your good company.

BENEDICK O God, sir, here's a dish I love not! I cannot
endure my Lady Tongue. [He exits.]

PRINCE [to Beatrice] Come, lady, come, you have lost
the heart of Signior Benedick.

BEATRICE Indeed, my lord, he lent it me awhile, and I
gave him use for it, a double heart for his single
one. Marry, once before he won it of me with false
dice. Therefore your Grace may well say I have lost it.

PRINCE You have put him down, lady, you have put him down.

BEATRICE So I would not he should do me, my lord,
lest I should prove the mother of fools. I have
brought Count Claudio, whom you sent me to seek.

PRINCE Why, how now, count, wherefore are you sad?

CLAUDIO Not sad, my lord.

PRINCE How then, sick?

CLAUDIO Neither, my lord.

BEATRICE The Count is neither sad, nor sick, nor merry,
nor well, but civil count, civil as an orange, and
something of that jealous complexion.

PRINCE I' faith, lady, I think your blazon to be true,
though I'll be sworn, if he be so, his conceit is
false. — Here, Claudio, I have wooed in thy name,
and fair Hero is won. I have broke with her father
and his goodwill obtained. Name the day of marriage,

and God give thee joy.

LEONATO   Count, take of me my daughter, and with her
           my fortunes. His Grace hath made the match, and
           all grace say "Amen" to it.

BEATRICE   Speak, count, 'tis your cue.

CLAUDIO   Silence is the perfectest herald of joy. I were
           but little happy if I could say how much. — Lady, as
           you are mine, I am yours. I give away myself for you
           and dote upon the exchange.

BEATRICE   Speak, cousin, or, if you cannot, stop his
           mouth with a kiss and let not him speak neither.

PRINCE   In faith, lady, you have a merry heart.

BEATRICE   Yea, my lord. I thank it, poor fool, it keeps on
           the windy side of care. My cousin tells him in his ear
           that he is in her heart.

CLAUDIO   And so she doth, cousin.

BEATRICE   Good Lord for alliance! Thus goes everyone
           to the world but I, and I am sunburnt. I may sit in a
           corner and cry "Heigh-ho for a husband!"

PRINCE   Lady Beatrice, I will get you one.

BEATRICE   I would rather have one of your father's getting. Hath
           your Grace ne'er a brother like you? Your father got
           excellent husbands, if a maid could come by them.

PRINCE   Will you have me, lady?

BEATRICE   No, my lord, unless I might have another for
           working days. Your Grace is too costly to wear
           every day. But I beseech your Grace pardon me. I
           was born to speak all mirth and no matter.

PRINCE   Your silence most offends me, and to be merry
           best becomes you, for out o' question you were
           born in a merry hour.

BEATRICE	No, sure, my lord, my mother cried, but then there was a star danced, and under that was I born. — Cousins, God give you joy!
LEONATO	Niece, will you look to those things I told you of?
BEATRICE	I cry you mercy, uncle. — By your Grace's pardon. [Beatrice exits.]
PRINCE	By my troth, a pleasant-spirited lady.
LEONATO	There's little of the melancholy element in her, my lord. She is never sad but when she sleeps, and not ever sad then, for I have heard my daughter say she hath often dreamt of unhappiness and waked herself with laughing.
PRINCE	She cannot endure to hear tell of a husband.
LEONATO	O, by no means. She mocks all her wooers out of suit.
PRINCE	She were an excellent wife for Benedick.
LEONATO	O Lord, my lord, if they were but a week married, they would talk themselves mad.
PRINCE	County Claudio, when mean you to go to church?
CLAUDIO	Tomorrow, my lord. Time goes on crutches till love have all his rites.
LEONATO	Not till Monday, my dear son, which is hence a just sevennight, and a time too brief, too, to have all things answer my mind.
PRINCE	[to Claudio] Come, you shake the head at so long a breathing, but I warrant thee, Claudio, the time shall not go dully by us. I will in the interim undertake one of Hercules' labors, which is to bring Signior Benedick and the Lady Beatrice into a mountain of affection, th' one with th' other. I would fain have it a match, and I doubt not but to fashion it, if you three will but minister such

	assistance as I shall give you direction.
LEONATO	My lord, I am for you, though it cost me ten nights' watchings.
CLAUDIO	And I, my lord.
PRINCE	And you too, gentle Hero?
HERO	I will do any modest office, my lord, to help my cousin to a good husband.
PRINCE	And Benedick is not the unhopefullest husband that I know. Thus far can I praise him: he is of a noble strain, of approved valor, and confirmed honesty. I will teach you how to humor your cousin that she shall fall in love with Benedick. — And I, with your two helps, will so practice on Benedick that, in despite of his quick wit and his queasy stomach, he shall fall in love with Beatrice. If we can do this, Cupid is no longer an archer; his glory shall be ours, for we are the only love gods. Go in with me, and I will tell you my drift.

[They exit.]

ACT 2 Scene 2

Enter Don John and Borachio.

DON JOHN	It is so. The Count Claudio shall marry the daughter of Leonato.
BORACHIO	Yea, my lord, but I can cross it.
DON JOHN	Any bar, any cross, any impediment will be med'cinable to me. I am sick in displeasure to him, and

whatsoever comes athwart his affection ranges evenly with mine. How canst thou cross this marriage?

BORACHIO   Not honestly, my lord, but so covertly that no dishonesty shall appear in me.

DON JOHN   Show me briefly how.

BORACHIO   I think I told your Lordship a year since, how much I am in the favor of Margaret, the waiting gentlewoman to Hero.

DON JOHN   I remember.

BORACHIO   I can, at any unseasonable instant of the night, appoint her to look out at her lady's chamber window.

DON JOHN   What life is in that to be the death of this marriage?

BORACHIO   The poison of that lies in you to temper. Go you to the Prince your brother; spare not to tell him that he hath wronged his honor in marrying the renowned Claudio, whose estimation do you mightily hold up, to a contaminated stale, such a one as Hero.

DON JOHN   What proof shall I make of that?

BORACHIO   Proof enough to misuse the Prince, to vex Claudio, to undo Hero, and kill Leonato. Look you for any other issue?

DON JOHN   Only to despite them I will endeavor anything.

BORACHIO   Go then, find me a meet hour to draw Don Pedro and the Count Claudio alone. Tell them that you know that Hero loves me; intend a kind of zeal both to the Prince and Claudio, as in love of your brother's honor, who hath made this match, and his friend's reputation, who is thus like to be cozened with the semblance of a maid, that you have discovered thus. They will scarcely believe this without trial. Offer them instances, which shall bear no less

likelihood than to see me at her chamber window,
hear me call Margaret "Hero," hear Margaret term
me "Claudio," and bring them to see this the very
night before the intended wedding, for in the meantime
I will so fashion the matter that Hero shall be
absent, and there shall appear such seeming truth
of Hero's disloyalty that jealousy shall be called
assurance and all the preparation overthrown.

DON JOHN   Grow this to what adverse issue it can, I will
put it in practice. Be cunning in the working this,
and thy fee is a thousand ducats.

BORACHIO   Be you constant in the accusation, and my
cunning shall not shame me.

DON JOHN   I will presently go learn their day of marriage.

[They exit.]

ACT 2 Scene 3

Enter Benedick alone.

BENEDICK   Boy!

[Enter Boy.]

BOY   Signior?

BENEDICK   In my chamber window lies a book. Bring it
hither to me in the orchard.

BOY   I am here already, sir.

BENEDICK   I know that, but I would have thee hence
and here again.   [Boy exits.]
I do much wonder that one man, seeing how much

another man is a fool when he dedicates his behaviors to love, will, after he hath laughed at such shallow follies in others, become the argument of his own scorn by falling in love — and such a man is Claudio. I have known when there was no music with him but the drum and the fife, and now had he rather hear the tabor and the pipe; I have known when he would have walked ten mile afoot to see a good armor, and now will he lie ten nights awake carving the fashion of a new doublet. He was wont to speak plain and to the purpose, like an honest man and a soldier, and now is he turned orthography; his words are a very fantastical banquet, just so many strange dishes. May I be so converted and see with these eyes? I cannot tell; I think not. I will not be sworn but love may transform me to an oyster, but I'll take my oath on it, till he have made an oyster of me, he shall never make me such a fool. One woman is fair, yet I am well; another is wise, yet I am well; another virtuous, yet I am well; but till all graces be in one woman, one woman shall not come in my grace. Rich she shall be, that's certain; wise, or I'll none; virtuous, or I'll never cheapen her; fair, or I'll never look on her; mild, or come not near me; noble, or not I for an angel; of good discourse, an excellent musician, and her hair shall be of what color it please God. Ha! The Prince and Monsieur Love! I will hide me in the arbor.

[He hides.]

[Enter Prince, Leonato, Claudio, and Balthasar with music.]

PRINCE   Come, shall we hear this music?

CLAUDIO	Yea, my good lord. How still the evening is,
	As hushed on purpose to grace harmony!
PRINCE	[aside to Claudio]
	See you where Benedick hath hid himself?
CLAUDIO	[aside to Prince] O, very well my lord. The music ended,
	We'll fit the kid-fox with a pennyworth.
PRINCE	Come, Balthasar, we'll hear that song again.
BALTHASAR	O, good my lord, tax not so bad a voice
	To slander music any more than once.
PRINCE	It is the witness still of excellency
	To put a strange face on his own perfection.
	I pray thee, sing, and let me woo no more.
BALTHASAR	Because you talk of wooing, I will sing,
	Since many a wooer doth commence his suit
	To her he thinks not worthy, yet he woos,
	Yet will he swear he loves.
PRINCE	Nay, pray thee, come,
	Or if thou wilt hold longer argument,
	Do it in notes.
BALTHASAR	Note this before my notes:
	There's not a note of mine that's worth the noting.
PRINCE	Why, these are very crotchets that he speaks!
	Note notes, forsooth, and nothing. [Music plays.]
BENEDICK	[aside] Now, divine air! Now is his soul
	ravished. Is it not strange that sheeps' guts should
	hale souls out of men's bodies? Well, a horn for my
	money, when all's done.
BALTHASAR	[sings]

> Sigh no more, ladies, sigh no more,
>   Men were deceivers ever,
> One foot in sea and one on shore,

To one thing constant never.

Then sigh not so, but let them go,

And be you blithe and bonny,

Converting all your sounds of woe

Into Hey, nonny nonny.

Sing no more ditties, sing no mo,

Of dumps so dull and heavy.

The fraud of men was ever so,

Since summer first was leavy.

Then sigh not so, but let them go,

And be you blithe and bonny,

Converting all your sounds of woe

Into Hey, nonny nonny.

PRINCE   By my troth, a good song.

BALTHASAR   And an ill singer, my lord.

PRINCE   Ha, no, no, faith, thou sing'st well enough for a shift.

BENEDICK   [aside] An he had been a dog that should
have howled thus, they would have hanged him. And
I pray God his bad voice bode no mischief. I had as
lief have heard the night raven, come what plague
could have come after it.

PRINCE   Yea, marry, dost thou hear, Balthasar? I pray thee
get us some excellent music, for tomorrow night we
would have it at the Lady Hero's chamber window.

BALTHASAR   The best I can, my lord.

PRINCE   Do so. Farewell.   [Balthasar exits.]
Come hither, Leonato. What was it you told me of
today, that your niece Beatrice was in love with
Signior Benedick?

CLAUDIO   O, ay. [Aside to Prince.] Stalk on, stalk on; the fowl
sits. — I did never think that lady would have loved

any man.

LEONATO No, nor I neither, but most wonderful that she should so dote on Signior Benedick, whom she hath in all outward behaviors seemed ever to abhor.

BENEDICK [aside] Is 't possible? Sits the wind in that corner?

LEONATO By my troth, my lord, I cannot tell what to think of it, but that she loves him with an enraged affection, it is past the infinite of thought.

PRINCE Maybe she doth but counterfeit.

CLAUDIO Faith, like enough.

LEONATO O God! Counterfeit? There was never counterfeit of passion came so near the life of passion as she discovers it.

PRINCE Why, what effects of passion shows she?

CLAUDIO [aside to Leonato]
Bait the hook well; this fish will bite.

LEONATO What effects, my lord? She will sit you —
you heard my daughter tell you how.

CLAUDIO She did indeed.

PRINCE How, how I pray you? You amaze me. I would have thought her spirit had been invincible against all assaults of affection.

LEONATO I would have sworn it had, my lord, especially against Benedick.

BENEDICK [aside] I should think this a gull but that the white-bearded fellow speaks it. Knavery cannot, sure, hide himself in such reverence.

CLAUDIO [aside to Prince] He hath ta'en th' infection.
Hold it up.

PRINCE Hath she made her affection known to Benedick?

LEONATO No, and swears she never will. That's her torment.

CLAUDIO	'Tis true indeed, so your daughter says. "Shall I," says she, "that have so oft encountered him with scorn, write to him that I love him?"
LEONATO	This says she now when she is beginning to write to him, for she'll be up twenty times a night, and there will she sit in her smock till she have writ a sheet of paper. My daughter tells us all.
CLAUDIO	Now you talk of a sheet of paper, I remember a pretty jest your daughter told us of.
LEONATO	O, when she had writ it and was reading it over, she found "Benedick" and "Beatrice" between the sheet?
CLAUDIO	That.
LEONATO	O, she tore the letter into a thousand halfpence, railed at herself that she should be so immodest to write to one that she knew would flout her. "I measure him," says she, "by my own spirit, for I should flout him if he writ to me, yea, though I love him, I should."
CLAUDIO	Then down upon her knees she falls, weeps, sobs, beats her heart, tears her hair, prays, curses: "O sweet Benedick, God give me patience!"
LEONATO	She doth indeed, my daughter says so, and the ecstasy hath so much overborne her that my daughter is sometimes afeared she will do a desperate outrage to herself. It is very true.
PRINCE	It were good that Benedick knew of it by some other, if she will not discover it.
CLAUDIO	To what end? He would make but a sport of it and torment the poor lady worse.
PRINCE	An he should, it were an alms to hang him. She's an excellent sweet lady, and, out of all suspicion,

she is virtuous.

CLAUDIO And she is exceeding wise.

PRINCE In everything but in loving Benedick.

LEONATO O, my lord, wisdom and blood combating in
so tender a body, we have ten proofs to one that
blood hath the victory. I am sorry for her, as I have
just cause, being her uncle and her guardian.

PRINCE I would she had bestowed this dotage on me. I
would have daffed all other respects and made her
half myself. I pray you tell Benedick of it, and hear
what he will say.

LEONATO Were it good, think you?

CLAUDIO Hero thinks surely she will die, for she says
she will die if he love her not, and she will die ere
she make her love known, and she will die if he woo
her rather than she will bate one breath of her
accustomed crossness.

PRINCE She doth well. If she should make tender of
her love, 'tis very possible he'll scorn it, for the man,
as you know all, hath a contemptible spirit.

CLAUDIO He is a very proper man.

PRINCE He hath indeed a good outward happiness.

CLAUDIO Before God, and in my mind, very wise.

PRINCE He doth indeed show some sparks that are like wit.

CLAUDIO And I take him to be valiant.

PRINCE As Hector, I assure you, and in the managing
of quarrels you may say he is wise, for either he
avoids them with great discretion or undertakes
them with a most Christianlike fear.

LEONATO If he do fear God, he must necessarily keep
peace. If he break the peace, he ought to enter into

a quarrel with fear and trembling.

PRINCE And so will he do, for the man doth fear God,
howsoever it seems not in him by some large jests
he will make. Well, I am sorry for your niece. Shall
we go seek Benedick and tell him of her love?

CLAUDIO Never tell him, my lord, let her wear it out
with good counsel.

LEONATO Nay, that's impossible; she may wear her
heart out first.

PRINCE Well, we will hear further of it by your daughter.
Let it cool the while. I love Benedick well, and I
could wish he would modestly examine himself to
see how much he is unworthy so good a lady.

LEONATO My lord, will you walk? Dinner is ready.

[Leonato, Prince, and Claudio begin to exit.]

CLAUDIO [aside to Prince and Leonato] If he do not dote on
her upon this, I will never trust my expectation.

PRINCE [aside to Leonato] Let there be the same net
spread for her, and that must your daughter and her
gentlewomen carry. The sport will be when they
hold one an opinion of another's dotage, and no
such matter. That's the scene that I would see,
which will be merely a dumb show. Let us send her
to call him in to dinner.

[Prince, Leonato, and Claudio exit.]

BENEDICK [coming forward] This can be no trick. The conference
was sadly borne; they have the truth of this from Hero;
they seem to pity the lady. It seems her affections have
their full bent. Love me? Why, it must be requited! I
hear how I am censured. They say I will bear myself
proudly if I perceive the love come from her. They

say, too, that she will rather die than give any sign of affection. I did never think to marry. I must not seem proud. Happy are they that hear their detractions and can put them to mending. They say the lady is fair; 'tis a truth, I can bear them witness. And virtuous; 'tis so, I cannot reprove it. And wise, but for loving me; by my troth, it is no addition to her wit, nor no great argument of her folly, for I will be horribly in love with her! I may chance have some odd quirks and remnants of wit broken on me because I have railed so long against marriage, but doth not the appetite alter? A man loves the meat in his youth that he cannot endure in his age. Shall quips and sentences and these paper bullets of the brain awe a man from the career of his humor? No! The world must be peopled. When I said I would die a bachelor, I did not think I should live till I were married. Here comes Beatrice. By this day, she's a fair lady. I do spy some marks of love in her.

[Enter Beatrice.]

BEATRICE   Against my will, I am sent to bid you come in to dinner.

BENEDICK   Fair Beatrice, I thank you for your pains.

BEATRICE   I took no more pains for those thanks than you take pains to thank me. If it had been painful, I would not have come.

BENEDICK   You take pleasure then in the message?

BEATRICE   Yea, just so much as you may take upon a knife's point and choke a daw withal. You have no stomach, signior. Fare you well.   [She exits.]

BENEDICK   Ha! "Against my will I am sent to bid you come in to dinner." There's a double meaning in that. "I took no more pains for those thanks than you took pains to thank me." That's as much as to say "Any pains that I take for you is as easy as thanks." If I do not take pity of her, I am a villain; if I do not love her, I am a Jew. I will go get her picture.

[He exits.]

ACT 3 Scene 1

Enter Hero and two gentlewomen, Margaret and Ursula.

HERO   Good Margaret, run thee to the parlor.
There shalt thou find my cousin Beatrice
Proposing with the Prince and Claudio.
Whisper her ear and tell her I and Ursula
Walk in the orchard, and our whole discourse
Is all of her. Say that thou overheardst us,
And bid her steal into the pleached bower
Where honeysuckles ripened by the sun
Forbid the sun to enter, like favorites, Made proud
by princes, that advance their pride Against that
power that bred it. There will she hide her To listen
our propose. This is thy office. Bear thee well in it,
and leave us alone.

MARGARET   I'll make her come, I warrant you, presently.

[She exits.]

HERO   Now, Ursula, when Beatrice doth come,
As we do trace this alley up and down,
Our talk must only be of Benedick.
When I do name him, let it be thy part

To praise him more than ever man did merit.

My talk to thee must be how Benedick

Is sick in love with Beatrice. Of this matter

Is little Cupid's crafty arrow made,

That only wounds by hearsay. Now begin,

For look where Beatrice like a lapwing runs

Close by the ground, to hear our conference.

[Enter Beatrice, who hides in the bower.]

URSULA   [aside to Hero]

The pleasant'st angling is to see the fish

Cut with her golden oars the silver stream

And greedily devour the treacherous bait.

So angle we for Beatrice, who even now

Is couched in the woodbine coverture.

Fear you not my part of the dialogue.

HERO   [aside to Ursula]

Then go we near her, that her ear lose nothing

Of the false sweet bait that we lay for it. —

[They walk near the bower.]

No, truly, Ursula, she is too disdainful.

I know her spirits are as coy and wild

As haggards of the rock.

URSULA   But are you sure that Benedick loves Beatrice so

entirely?

HERO   So says the Prince and my new-trothed lord.

URSULA   And did they bid you tell her of it, madam?

HERO   They did entreat me to acquaint her of it,

But I persuaded them, if they loved Benedick,

To wish him wrestle with affection

And never to let Beatrice know of it.

URSULA   Why did you so? Doth not the gentleman

	Deserve as full as fortunate a bed
	As ever Beatrice shall couch upon?
HERO	O god of love! I know he doth deserve
	As much as may be yielded to a man,
	But Nature never framed a woman's heart
	Of prouder stuff than that of Beatrice.
	Disdain and scorn ride sparkling in her eyes,
	Misprizing what they look on, and her wit
	Values itself so highly that to her
	All matter else seems weak. She cannot love,
	Nor take no shape nor project of affection,
	She is so self-endeared.
URSULA	Sure, I think so,
	And therefore certainly it were not good
	She knew his love, lest she'll make sport at it.
HERO	Why, you speak truth. I never yet saw man,
	How wise, how noble, young, how rarely featured,
	But she would spell him backward. If fair-faced,
	She would swear the gentleman should be her sister;
	If black, why, Nature, drawing of an antic,
	Made a foul blot; if tall, a lance ill-headed;
	If low, an agate very vilely cut;
	If speaking, why, a vane blown with all winds;
	If silent, why, a block moved with none.
	So turns she every man the wrong side out,
	And never gives to truth and virtue that
	Which simpleness and merit purchaseth.
URSULA	Sure, sure, such carping is not commendable.
HERO	No, not to be so odd and from all fashions
	As Beatrice is cannot be commendable.
	But who dare tell her so? If I should speak,

	She would mock me into air. O, she would laugh me
	Out of myself, press me to death with wit.
	Therefore let Benedick, like covered fire,
	Consume away in sighs, waste inwardly.
	It were a better death than die with mocks,
	Which is as bad as die with tickling.
URSULA	Yet tell her of it. Hear what she will say.
HERO	No, rather I will go to Benedick
	And counsel him to fight against his passion;
	And truly I'll devise some honest slanders
	To stain my cousin with. One doth not know
	How much an ill word may empoison liking.
URSULA	O, do not do your cousin such a wrong!
	She cannot be so much without true judgment,
	Having so swift and excellent a wit
	As she is prized to have, as to refuse
	So rare a gentleman as Signior Benedick.
HERO	He is the only man of Italy,
	Always excepted my dear Claudio.
URSULA	I pray you be not angry with me, madam,
	Speaking my fancy: Signior Benedick,
	For shape, for bearing, argument, and valor,
	Goes foremost in report through Italy.
HERO	Indeed, he hath an excellent good name.
URSULA	His excellence did earn it ere he had it.
	When are you married, madam?
HERO	Why, every day, tomorrow. Come, go in.
	I'll show thee some attires and have thy counsel
	Which is the best to furnish me tomorrow.

[They move away from the bower.]

| URSULA | [aside to Hero] |

	She's limed, I warrant you. We have caught her, madam.
HERO	[aside to Ursula]
	If it prove so, then loving goes by haps;
	Some Cupid kills with arrows, some with traps.

[Hero and Ursula exit.]

BEATRICE	[coming forward]
	What fire is in mine ears? Can this be true?
	Stand I condemned for pride and scorn so much?
	Contempt, farewell, and maiden pride, adieu!
	No glory lives behind the back of such.
	And Benedick, love on; I will requite thee,
	Taming my wild heart to thy loving hand.
	If thou dost love, my kindness shall incite thee
	To bind our loves up in a holy band.
	For others say thou dost deserve, and I
	Believe it better than reportingly.

[She exits.]

ACT 3 Scene 2

Enter Prince, Claudio, Benedick, and Leonato.

PRINCE	I do but stay till your marriage be consummate,
	and then go I toward Aragon.
CLAUDIO	I'll bring you thither, my lord, if you'll vouchsafe me.
PRINCE	Nay, that would be as great a soil in the new
	gloss of your marriage as to show a child his new
	coat and forbid him to wear it. I will only be bold
	with Benedick for his company, for from the crown

of his head to the sole of his foot he is all mirth. He hath twice or thrice cut Cupid's bowstring, and the little hangman dare not shoot at him. He hath a heart as sound as a bell, and his tongue is the clapper, for what his heart thinks, his tongue speaks.

BENEDICK   Gallants, I am not as I have been.

LEONATO   So say I. Methinks you are sadder.

CLAUDIO   I hope he be in love.

PRINCE   Hang him, truant! There's no true drop of blood in him to be truly touched with love. If he be sad, he wants money.

BENEDICK   I have the toothache.

PRINCE   Draw it.

BENEDICK   Hang it!

CLAUDIO   You must hang it first, and draw it afterwards.

PRINCE   What, sigh for the toothache?

LEONATO   Where is but a humor or a worm.

BENEDICK   Well, everyone can master a grief but he that has it.

CLAUDIO   Yet say I, he is in love.

PRINCE   There is no appearance of fancy in him, unless it be a fancy that he hath to strange disguises, as to be a Dutchman today, a Frenchman tomorrow, or in the shape of two countries at once, as a German from the waist downward, all slops, and a Spaniard from the hip upward, no doublet. Unless he have a fancy to this foolery, as it appears he hath, he is no fool for fancy, as you would have it appear he is.

CLAUDIO   If he be not in love with some woman, there is no believing old signs. He brushes his hat o' mornings. What should that bode?

PRINCE   Hath any man seen him at the barber's?

CLAUDIO	No, but the barber's man hath been seen with him, and the old ornament of his cheek hath already stuffed tennis balls.
LEONATO	Indeed he looks younger than he did, by the loss of a beard.
PRINCE	Nay, he rubs himself with civet. Can you smell him out by that?
CLAUDIO	That's as much as to say, the sweet youth's in love.
PRINCE	The greatest note of it is his melancholy.
CLAUDIO	And when was he wont to wash his face?
PRINCE	Yea, or to paint himself? For the which I hear what they say of him.
CLAUDIO	Nay, but his jesting spirit, which is now crept into a lute string and now governed by stops —
PRINCE	Indeed, that tells a heavy tale for him. Conclude, conclude, he is in love.
CLAUDIO	Nay, but I know who loves him.
PRINCE	That would I know, too. I warrant, one that knows him not.
CLAUDIO	Yes, and his ill conditions; and, in despite of all, dies for him.
PRINCE	She shall be buried with her face upwards.
BENEDICK	Yet is this no charm for the toothache. — Old signior, walk aside with me. I have studied eight or nine wise words to speak to you, which these hobby-horses must not hear.

[Benedick and Leonato exit.]

PRINCE	For my life, to break with him about Beatrice!
CLAUDIO	'Tis even so. Hero and Margaret have by this played their parts with Beatrice, and then the two bears will not bite one another when they meet.

DON JOHN   My lord and brother, God save you.

PRINCE   Good e'en, brother.

DON JOHN   If your leisure served, I would speak with you.

PRINCE   In private?

DON JOHN   If it please you. Yet Count Claudio may
hear, for what I would speak of concerns him.

PRINCE   What's the matter?

DON JOHN   [to Claudio] Means your Lordship to be
married tomorrow?

PRINCE   You know he does.

DON JOHN   I know not that, when he knows what I know.

CLAUDIO   If there be any impediment, I pray you discover it.

DON JOHN   You may think I love you not. Let that appear
hereafter, and aim better at me by that I now will
manifest. For my brother, I think he holds you well, and
in dearness of heart hath holp to effect your ensuing
marriage — surely suit ill spent and labor ill bestowed.

PRINCE   Why, what's the matter?

DON JOHN   I came hither to tell you; and, circumstances
shortened, for she has been too long
a-talking of, the lady is disloyal.

CLAUDIO   Who, Hero?

DON JOHN   Even she: Leonato's Hero, your Hero, every
man's Hero.

CLAUDIO   Disloyal?

DON JOHN   The word is too good to paint out her
wickedness. I could say she were worse. Think you
of a worse title, and I will fit her to it. Wonder not
till further warrant. Go but with me tonight, you
shall see her chamber window entered, even the

night before her wedding day. If you love her then, tomorrow wed her. But it would better fit your honor to change your mind.

CLAUDIO [to Prince] May this be so?

PRINCE I will not think it.

DON JOHN If you dare not trust that you see, confess not that you know. If you will follow me, I will show you enough, and when you have seen more and heard more, proceed accordingly.

CLAUDIO If I see anything tonight why I should not marry her, tomorrow in the congregation, where I should wed, there will I shame her.

PRINCE And as I wooed for thee to obtain her, I will join with thee to disgrace her.

DON JOHN I will disparage her no farther till you are my witnesses. Bear it coldly but till midnight, and let the issue show itself.

PRINCE O day untowardly turned!

CLAUDIO O mischief strangely thwarting!

DON JOHN O plague right well prevented! So will you say when you have seen the sequel.

[They exit.]

ACT 3 Scene 3

Enter Dogberry and his compartner Verges
with the Watch.

DOGBERRY Are you good men and true?

VERGES	Yea, or else it were pity but they should suffer salvation, body and soul.
DOGBERRY	Nay, that were a punishment too good for them if they should have any allegiance in them, being chosen for the Prince's watch.
VERGES	Well, give them their charge, neighbor Dogberry.
DOGBERRY	First, who think you the most desartless man to be constable?
FIRST WATCHMAN	Hugh Oatcake, sir, or George Seacoal, for they can write and read.
DOGBERRY	Come hither, neighbor Seacoal. [Seacoal steps forward.] God hath blessed you with a good name. To be a well-favored man is the gift of fortune, but to write and read comes by nature.
SEACOAL	Both which, master constable —
DOGBERRY	You have. I knew it would be your answer. Well, for your favor, sir, why, give God thanks, and make no boast of it, and for your writing and reading, let that appear when there is no need of such vanity. You are thought here to be the most senseless and fit man for the constable of the watch; therefore bear you the lantern. This is your charge: you shall comprehend all vagrom men; you are to bid any man stand, in the Prince's name.
SEACOAL	How if he will not stand?
DOGBERRY	Why, then, take no note of him, but let him go, and presently call the rest of the watch together and thank God you are rid of a knave.
VERGES	If he will not stand when he is bidden, he is none of the Prince's subjects.
DOGBERRY	True, and they are to meddle with none but

the Prince's subjects. — You shall also make no
noise in the streets; for, for the watch to babble and
to talk is most tolerable and not to be endured.

SECOND WATCHMAN We will rather sleep than talk.
We know what belongs to a watch.

DOGBERRY   Why, you speak like an ancient and most
quiet watchman, for I cannot see how sleeping
should offend; only have a care that your bills be not
stolen. Well, you are to call at all the alehouses and
bid those that are drunk get them to bed.

SEACOAL   How if they will not?

DOGBERRY   Why then, let them alone till they are sober.
If they make you not then the better answer, you
may say they are not the men you took them for.

SEACOAL   Well, sir.

DOGBERRY   If you meet a thief, you may suspect him, by
virtue of your office, to be no true man, and for such
kind of men, the less you meddle or make with
them, why, the more is for your honesty.

SEACOAL   If we know him to be a thief, shall we not
lay hands on him?

DOGBERRY   Truly, by your office you may, but I think they that
touch pitch will be defiled. The most peaceable way
for you, if you do take a thief, is to let him show
himself what he is and steal out of your company.

VERGES   You have been always called a merciful man, partner.

DOGBERRY   Truly, I would not hang a dog by my will,
much more a man who hath any honesty in him.

VERGES   [to the Watch] If you hear a child cry in the
night, you must call to the nurse and bid her still it.

SECOND WATCHMAN How if the nurse be asleep and will not hear us?

DOGBERRY	Why, then depart in peace, and let the child wake her with crying, for the ewe that will not hear her lamb when it baas will never answer a calf when he bleats.
VERGES	'Tis very true.
DOGBERRY	This is the end of the charge. You, constable, are to present the Prince's own person. If you meet the Prince in the night, you may stay him.
VERGES	Nay, by 'r Lady, that I think he cannot.
DOGBERRY	Five shillings to one on 't, with any man that knows the statutes, he may stay him — marry, not without the Prince be willing, for indeed the watch ought to offend no man, and it is an offense to stay a man against his will.
VERGES	By 'r Lady, I think it be so.
DOGBERRY	Ha, ah ha! — Well, masters, goodnight. An there be any matter of weight chances, call up me. Keep your fellows' counsels and your own, and goodnight. — Come, neighbor.

[Dogberry and Verges begin to exit.]

SEACOAL	Well, masters, we hear our charge. Let us go sit here upon the church bench till two, and then all to bed.
DOGBERRY	One word more, honest neighbors. I pray you watch about Signior Leonato's door, for the wedding being there tomorrow, there is a great coil tonight. Adieu, be vigitant, I beseech you.

[Dogberry and Verges exit.]
[Enter Borachio and Conrade.]

BORACHIO	What, Conrade!
SEACOAL	[aside] Peace, stir not.
BORACHIO	Conrade, I say!
CONRADE	Here, man, I am at thy elbow.

BORACHIO	Mass, and my elbow itched, I thought there would a scab follow.
CONRADE	I will owe thee an answer for that. And now forward with thy tale.
BORACHIO	Stand thee close, then, under this penthouse, for it drizzles rain, and I will, like a true drunkard, utter all to thee.
SEACOAL	[aside] Some treason, masters. Yet stand close.
BORACHIO	Therefore know, I have earned of Don John a thousand ducats.
CONRADE	Is it possible that any villainy should be so dear?
BORACHIO	Thou shouldst rather ask if it were possible any villainy should be so rich. For when rich villains have need of poor ones, poor ones may make what price they will.
CONRADE	I wonder at it.
BORACHIO	That shows thou art unconfirmed. Thou knowest that the fashion of a doublet, or a hat, or a cloak, is nothing to a man.
CONRADE	Yes, it is apparel.
BORACHIO	I mean the fashion.
CONRADE	Yes, the fashion is the fashion.
BORACHIO	Tush, I may as well say the fool's the fool. But seest thou not what a deformed thief this fashion is?
FIRST WATCHMAN	[aside] I know that Deformed. He has been a vile thief this seven year. He goes up and down like a gentleman. I remember his name.
BORACHIO	Didst thou not hear somebody?
CONRADE	No, 'twas the vane on the house.
BORACHIO	Seest thou not, I say, what a deformed thief this fashion is, how giddily he turns about all the hot

bloods between fourteen and five-and-thirty,
sometimes fashioning them like Pharaoh's soldiers in
the reechy painting, sometimes like god Bel's priests
in the old church window, sometimes like the shaven
Hercules in the smirched worm-eaten tapestry,
where his codpiece seems as massy as his club?

CONRADE   All this I see, and I see that the fashion wears
out more apparel than the man. But art not thou
thyself giddy with the fashion too, that thou hast
shifted out of thy tale into telling me of the fashion?

BORACHIO   Not so, neither. But know that I have tonight
wooed Margaret, the Lady Hero's gentlewoman,
by the name of Hero. She leans me out at
her mistress' chamber window, bids me a thousand
times goodnight. I tell this tale vilely. I should first
tell thee how the Prince, Claudio, and my master,
planted and placed and possessed by my master
Don John, saw afar off in the orchard this amiable
amiable encounter.

CONRADE   And thought they Margaret was Hero?

BORACHIO   Two of them did, the Prince and Claudio,
but the devil my master knew she was Margaret;
and partly by his oaths, which first possessed them,
partly by the dark night, which did deceive them,
but chiefly by my villainy, which did confirm any
slander that Don John had made, away went Claudio
enraged, swore he would meet her as he was
appointed next morning at the temple, and there,
before the whole congregation, shame her with
what he saw o'ernight and send her home again
without a husband.

FIRST WATCHMAN We charge you in the Prince's name stand!

SEACOAL Call up the right Master Constable. [Second Watchman exits.] We have here recovered the most dangerous piece of lechery that ever was known in the commonwealth.

FIRST WATCHMAN And one Deformed is one of them. I know him; he wears a lock.

[Enter Dogberry, Verges, and Second Watchman.]

DOGBERRY Masters, masters —

FIRST WATCHMAN [to Borachio] You'll be made bring Deformed forth, I warrant you.

DOGBERRY [to Borachio and Conrade] Masters, never speak, we charge you, let us obey you to go with us.

BORACHIO [to Conrade] We are like to prove a goodly commodity, being taken up of these men's bills.

CONRADE A commodity in question, I warrant you. — Come, we'll obey you.

[They exit.]

ACT 3 Scene 4

Enter Hero, and Margaret, and Ursula.

HERO Good Ursula, wake my cousin Beatrice and desire her to rise.

URSULA I will, lady.

HERO And bid her come hither.

URSULA Well.   [Ursula exits.]

MARGARET Troth, I think your other rebato were better.

HERO	No, pray thee, good Meg, I'll wear this.
MARGARET	By my troth, 's not so good, and I warrant your cousin will say so.
HERO	My cousin's a fool, and thou art another. I'll wear none but this.
MARGARET	I like the new tire within excellently, if the hair were a thought browner; and your gown's a most rare fashion, i' faith. I saw the Duchess of Milan's gown that they praise so.
HERO	O, that exceeds, they say.
MARGARET	By my troth, 's but a nightgown in respect of yours — cloth o' gold, and cuts, and laced with silver, set with pearls, down sleeves, side sleeves, and skirts round underborne with a bluish tinsel. But for a fine, quaint, graceful, and excellent fashion, yours is worth ten on 't.
HERO	God give me joy to wear it, for my heart is exceeding heavy.
MARGARET	'Twill be heavier soon by the weight of a man.
HERO	Fie upon thee! Art not ashamed?
MARGARET	Of what, lady? Of speaking honorably? Is not marriage honorable in a beggar? Is not your lord honorable without marriage? I think you would have me say "Saving your reverence, a husband." An bad thinking do not wrest true speaking, I'll offend nobody. Is there any harm in "the heavier for a husband"? None, I think, an it be the right husband and the right wife. Otherwise, 'tis light and not heavy. Ask my lady Beatrice else. Here she comes.

[Enter Beatrice.]

HERO	Good morrow, coz.
BEATRICE	Good morrow, sweet Hero.

HERO	Why, how now? Do you speak in the sick tune?
BEATRICE	I am out of all other tune, methinks.
MARGARET	Clap 's into "Light o' love." That goes without a burden. Do you sing it, and I'll dance it.
BEATRICE	You light o' love with your heels! Then, if your husband have stables enough, you'll see he shall lack no barns.
MARGARET	O, illegitimate construction! I scorn that with my heels.
BEATRICE	'Tis almost five o'clock, cousin. 'Tis time you were ready. By my troth, I am exceeding ill. Heigh-ho!
MARGARET	For a hawk, a horse, or a husband?
BEATRICE	For the letter that begins them all, H.
MARGARET	Well, an you be not turned Turk, there's no more sailing by the star.
BEATRICE	What means the fool, trow?
MARGARET	Nothing, I; but God send everyone their heart's desire.
HERO	These gloves the Count sent me, they are an excellent perfume.
BEATRICE	I am stuffed, cousin. I cannot smell.
MARGARET	A maid, and stuffed! There's goodly catching of cold.
BEATRICE	O, God help me, God help me! How long have you professed apprehension?
MARGARET	Ever since you left it. Doth not my wit become me rarely?
BEATRICE	It is not seen enough; you should wear it in your cap. By my troth, I am sick.
MARGARET	Get you some of this distilled carduus benedictus and lay it to your heart. It is the only thing for a qualm.
HERO	There thou prick'st her with a thistle.

BEATRICE	Benedictus! Why benedictus? You have some moral in this benedictus?
MARGARET	Moral? No, by my troth, I have no moral meaning; I meant plain holy thistle. You may think perchance that I think you are in love. Nay, by 'r Lady, I am not such a fool to think what I list, nor I list not to think what I can, nor indeed I cannot think, if I would think my heart out of thinking, that you are in love or that you will be in love or that you can be in love. Yet Benedick was such another, and now is he become a man. He swore he would never marry, and yet now, in despite of his heart, he eats his meat without grudging. And how you may be converted I know not, but methinks you look with your eyes as other women do.
BEATRICE	What pace is this that thy tongue keeps?
MARGARET	Not a false gallop.

[Enter Ursula.]

URSULA	Madam, withdraw. The Prince, the Count, Signior Benedick, Don John, and all the gallants of the town are come to fetch you to church.
HERO	Help to dress me, good coz, good Meg, good Ursula.

[They exit.]

ACT 3 Scene 5

Enter Leonato, and Dogberry, the Constable, and
Verges, the Headborough.

LEONATO	What would you with me, honest neighbor?
DOGBERRY	Marry, sir, I would have some confidence
	with you that decerns you nearly.
LEONATO	Brief, I pray you, for you see it is a busy time with me.
DOGBERRY	Marry, this it is, sir.
VERGES	Yes, in truth, it is, sir.
LEONATO	What is it, my good friends?
DOGBERRY	Goodman Verges, sir, speaks a little off the
	matter. An old man, sir, and his wits are not so blunt
	as, God help, I would desire they were, but, in faith,
	honest as the skin between his brows.
VERGES	Yes, I thank God I am as honest as any man
	living that is an old man and no honester than I.
DOGBERRY	Comparisons are odorous. Palabras, neighbor Verges.
LEONATO	Neighbors, you are tedious.
DOGBERRY	It pleases your Worship to say so, but we
	are the poor duke's officers. But truly, for mine
	own part, if I were as tedious as a king, I could find
	in my heart to bestow it all of your Worship.
LEONATO	All thy tediousness on me, ah?
DOGBERRY	Yea, an 'twere a thousand pound more
	than 'tis, for I hear as good exclamation on your
	Worship as of any man in the city, and though I be
	but a poor man, I am glad to hear it.
VERGES	And so am I.

LEONATO	I would fain know what you have to say.
VERGES	Marry, sir, our watch tonight, excepting your Worship's presence, ha' ta'en a couple of as arrant knaves as any in Messina.
DOGBERRY	A good old man, sir. He will be talking. As they say, "When the age is in, the wit is out." God help us, it is a world to see! — Well said, i' faith, neighbor Verges. — Well, God's a good man. An two men ride of a horse, one must ride behind. An honest soul, i' faith, sir, by my troth he is, as ever broke bread, but God is to be worshiped, all men are not alike, alas, good neighbor.
LEONATO	Indeed, neighbor, he comes too short of you.
DOGBERRY	Gifts that God gives.
LEONATO	I must leave you.
DOGBERRY	One word, sir. Our watch, sir, have indeed comprehended two aspicious persons, and we would have them this morning examined before your Worship.
LEONATO	Take their examination yourself and bring it me. I am now in great haste, as it may appear unto you.
DOGBERRY	It shall be suffigance.
LEONATO	Drink some wine ere you go. Fare you well.

[Enter a Messenger.]

MESSENGER	My lord, they stay for you to give your daughter to her husband.
LEONATO	I'll wait upon them. I am ready.

[He exits, with the Messenger.]

DOGBERRY	Go, good partner, go, get you to Francis Seacoal. Bid him bring his pen and inkhorn to the jail. We are now to examination these men.
VERGES	And we must do it wisely.

DOGBERRY	We will spare for no wit, I warrant you.
	Here's that shall drive some of them to a noncome.
	Only get the learned writer to set down our
	excommunication and meet me at the jail.

[They exit.]

ACT 4 Scene 1

Enter Prince, John the Bastard, Leonato, Friar,
Claudio, Benedick, Hero, and Beatrice, with
Attendants.

LEONATO	Come, Friar Francis, be brief, only to the
	plain form of marriage, and you shall recount their
	particular duties afterwards.
FRIAR	[to Claudio]
	You come hither, my lord, to marry this lady?
CLAUDIO	No.
LEONATO	To be married to her. — Friar, you come to marry her.
FRIAR	Lady, you come hither to be married to this count?
HERO	I do.
FRIAR	If either of you know any inward impediment
	why you should not be conjoined, I charge you on
	your souls to utter it.
CLAUDIO	Know you any, Hero?
HERO	None, my lord.
FRIAR	Know you any, count?
LEONATO	I dare make his answer, none.
CLAUDIO	O, what men dare do! What men may do!

	What men daily do, not knowing what they do!
BENEDICK	How now, interjections? Why, then, some
	be of laughing, as ah, ha, he!
CLAUDIO	Stand thee by, friar. — Father, by your leave,
	Will you with free and unconstrained soul
	Give me this maid, your daughter?
LEONATO	As freely, son, as God did give her me.
CLAUDIO	And what have I to give you back whose worth
	May counterpoise this rich and precious gift?
PRINCE	Nothing, unless you render her again.
CLAUDIO	Sweet prince, you learn me noble thankfulness. —
	There, Leonato, take her back again.
	Give not this rotten orange to your friend.
	She's but the sign and semblance of her honor.
	Behold how like a maid she blushes here!
	O, what authority and show of truth
	Can cunning sin cover itself withal!
	Comes not that blood as modest evidence
	To witness simple virtue? Would you not swear,
	All you that see her, that she were a maid,
	By these exterior shows? But she is none.
	She knows the heat of a luxurious bed.
	Her blush is guiltiness, not modesty.
LEONATO	What do you mean, my lord?
CLAUDIO	Not to be married,
	Not to knit my soul to an approved wanton.
LEONATO	Dear my lord, if you in your own proof
	Have vanquished the resistance of her youth,
	And made defeat of her virginity —
CLAUDIO	I know what you would say: if I have known her,
	You will say she did embrace me as a husband,

And so extenuate the forehand sin.

No, Leonato,

I never tempted her with word too large,

But, as a brother to his sister, showed

Bashful sincerity and comely love.

HERO   And seemed I ever otherwise to you?

CLAUDIO   Out on thee, seeming! I will write against it.

You seem to me as Dian in her orb,

As chaste as is the bud ere it be blown.

But you are more intemperate in your blood

Than Venus, or those pampered animals

That rage in savage sensuality.

HERO   Is my lord well that he doth speak so wide?

LEONATO   Sweet prince, why speak not you?

PRINCE   What should I speak?

I stand dishonored that have gone about

To link my dear friend to a common stale.

LEONATO   Are these things spoken, or do I but dream?

DON JOHN   Sir, they are spoken, and these things are true.

BENEDICK   This looks not like a nuptial.

HERO   True! O God!

CLAUDIO   Leonato, stand I here?

Is this the Prince? Is this the Prince's brother?

Is this face Hero's? Are our eyes our own?

LEONATO   All this is so, but what of this, my lord?

CLAUDIO   Let me but move one question to your daughter,

And by that fatherly and kindly power

That you have in her, bid her answer truly.

LEONATO   I charge thee do so, as thou art my child.

HERO   O, God defend me, how am I beset! —

What kind of catechizing call you this?

CLAUDIO	To make you answer truly to your name.
HERO	Is it not Hero? Who can blot that name
	With any just reproach?
CLAUDIO	Marry, that can Hero!
	Hero itself can blot out Hero's virtue.
	What man was he talked with you yesternight
	Out at your window betwixt twelve and one?
	Now, if you are a maid, answer to this.
HERO	I talked with no man at that hour, my lord.
PRINCE	Why, then, are you no maiden. — Leonato,
	I am sorry you must hear. Upon mine honor,
	Myself, my brother, and this grieved count
	Did see her, hear her, at that hour last night
	Talk with a ruffian at her chamber window,
	Who hath indeed, most like a liberal villain,
	Confessed the vile encounters they have had
	A thousand times in secret.
DON JOHN	Fie, fie, they are not to be named, my lord,
	Not to be spoke of!
	There is not chastity enough in language,
	Without offense, to utter them. — Thus, pretty lady,
	I am sorry for thy much misgovernment.
CLAUDIO	O Hero, what a Hero hadst thou been
	If half thy outward graces had been placed
	About thy thoughts and counsels of thy heart!
	But fare thee well, most foul, most fair. Farewell,
	Thou pure impiety and impious purity.
	For thee I'll lock up all the gates of love
	And on my eyelids shall conjecture hang,
	To turn all beauty into thoughts of harm,
	And never shall it more be gracious.

LEONATO	Hath no man's dagger here a point for me?
	[Hero falls.]
BEATRICE	Why, how now, cousin, wherefore sink you down?
DON JOHN	Come, let us go. These things, come thus to light,
	Smother her spirits up.
	[Claudio, Prince, and Don John exit.]
BENEDICK	How doth the lady?
BEATRICE	Dead, I think. — Help, uncle! —
	Hero, why Hero! Uncle! Signior Benedick! Friar!
LEONATO	O Fate, take not away thy heavy hand!
	Death is the fairest cover for her shame
	That may be wished for.
BEATRICE	How now, cousin Hero? [Hero stirs.]
FRIAR	[to Hero] Have comfort, lady.
LEONATO	[to Hero] Dost thou look up?
FRIAR	Yea, wherefore should she not?
LEONATO	Wherefore? Why, doth not every earthly thing
	Cry shame upon her? Could she here deny
	The story that is printed in her blood? —
	Do not live, Hero, do not ope thine eyes,
	For, did I think thou wouldst not quickly die,
	Thought I thy spirits were stronger than thy shames,
	Myself would, on the rearward of reproaches,
	Strike at thy life. Grieved I I had but one?
	Chid I for that at frugal Nature's frame?
	O, one too much by thee! Why had I one?
	Why ever wast thou lovely in my eyes?
	Why had I not with charitable hand
	Took up a beggar's issue at my gates,
	Who, smirched thus, and mired with infamy,
	I might have said "No part of it is mine;

This shame derives itself from unknown loins"?

But mine, and mine I loved, and mine I praised,

And mine that I was proud on, mine so much

That I myself was to myself not mine,

Valuing of her — why she, O she, is fall'n

Into a pit of ink, that the wide sea

Hath drops too few to wash her clean again,

And salt too little which may season give

To her foul tainted flesh!

BENEDICK   Sir, sir, be patient.

For my part, I am so attired in wonder

I know not what to say.

BEATRICE   O, on my soul, my cousin is belied!

BENEDICK   Lady, were you her bedfellow last night?

BEATRICE   No, truly not, although until last night

I have this twelvemonth been her bedfellow.

LEONATO   Confirmed, confirmed! O, that is stronger made

Which was before barred up with ribs of iron!

Would the two princes lie and Claudio lie,

Who loved her so that, speaking of her foulness,

Washed it with tears? Hence from her. Let her die!

FRIAR   Hear me a little,

For I have only silent been so long,

And given way unto this course of fortune,

By noting of the lady. I have marked

A thousand blushing apparitions

To start into her face, a thousand innocent shames

In angel whiteness beat away those blushes,

And in her eye there hath appeared a fire

To burn the errors that these princes hold

Against her maiden truth. Call me a fool,

Trust not my reading nor my observations,
Which with experimental seal doth warrant
The tenor of my book; trust not my age,
My reverence, calling, nor divinity,
If this sweet lady lie not guiltless here
Under some biting error.

LEONATO   Friar, it cannot be.
Thou seest that all the grace that she hath left
Is that she will not add to her damnation
A sin of perjury. She not denies it.
Why seek'st thou then to cover with excuse
That which appears in proper nakedness?

FRIAR   Lady, what man is he you are accused of?

HERO   They know that do accuse me. I know none.
If I know more of any man alive
Than that which maiden modesty doth warrant,
Let all my sins lack mercy! — O my father,
Prove you that any man with me conversed
At hours unmeet, or that I yesternight
Maintained the change of words with any creature,
Refuse me, hate me, torture me to death!

FRIAR   There is some strange misprision in the princes.

BENEDICK Two of them have the very bent of honor,
And if their wisdoms be misled in this,
The practice of it lives in John the Bastard,
Whose spirits toil in frame of villainies.

LEONATO I know not. If they speak but truth of her,
These hands shall tear her. If they wrong her honor,
The proudest of them shall well hear of it.
Time hath not yet so dried this blood of mine,
Nor age so eat up my invention,

Nor fortune made such havoc of my means,
Nor my bad life reft me so much of friends,
But they shall find, awaked in such a kind,
Both strength of limb and policy of mind,
Ability in means and choice of friends,
To quit me of them throughly.

FRIAR   Pause awhile,
And let my counsel sway you in this case.
Your daughter here the princes left for dead.
Let her awhile be secretly kept in,
And publish it that she is dead indeed.
Maintain a mourning ostentation,
And on your family's old monument
Hang mournful epitaphs and do all rites
That appertain unto a burial.

LEONATO   What shall become of this? What will this do?

FRIAR   Marry, this well carried shall on her behalf
Change slander to remorse. That is some good.
But not for that dream I on this strange course,
But on this travail look for greater birth.
She, dying, as it must be so maintained,
Upon the instant that she was accused,
Shall be lamented, pitied, and excused
Of every hearer. For it so falls out
That what we have we prize not to the worth
Whiles we enjoy it, but being lacked and lost,
Why then we rack the value, then we find
The virtue that possession would not show us
Whiles it was ours. So will it fare with Claudio.
When he shall hear she died upon his words,
Th' idea of her life shall sweetly creep

Into his study of imagination,

And every lovely organ of her life

Shall come appareled in more precious habit,

More moving, delicate, and full of life,

Into the eye and prospect of his soul,

Than when she lived indeed. Then shall he mourn,

If ever love had interest in his liver,

And wish he had not so accused her,

No, though he thought his accusation true.

Let this be so, and doubt not but success

Will fashion the event in better shape

Than I can lay it down in likelihood.

But if all aim but this be leveled false,

The supposition of the lady's death

Will quench the wonder of her infamy.

And if it sort not well, you may conceal her,

As best befits her wounded reputation,

In some reclusive and religious life,

Out of all eyes, tongues, minds, and injuries.

BENEDICK   Signior Leonato, let the Friar advise you.

And though you know my inwardness and love

Is very much unto the Prince and Claudio,

Yet, by mine honor, I will deal in this

As secretly and justly as your soul

Should with your body.

LEONATO   Being that I flow in grief,

The smallest twine may lead me.

FRIAR   'Tis well consented. Presently away, For to strange

sores strangely they strain the cure. —

Come, lady, die to live. This wedding day

Perhaps is but prolonged. Have patience and endure.

BENEDICK	Lady Beatrice, have you wept all this while?
BEATRICE	Yea, and I will weep a while longer.
BENEDICK	I will not desire that.
BEATRICE	You have no reason. I do it freely.
BENEDICK	Surely I do believe your fair cousin is wronged.
BEATRICE	Ah, how much might the man deserve of me that would right her!
BENEDICK	Is there any way to show such friendship?
BEATRICE	A very even way, but no such friend.
BENEDICK	May a man do it?
BEATRICE	It is a man's office, but not yours.
BENEDICK	I do love nothing in the world so well as you. Is not that strange?
BEATRICE	As strange as the thing I know not. It were as possible for me to say I loved nothing so well as you, but believe me not, and yet I lie not; I confess nothing, nor I deny nothing. I am sorry for my cousin.
BENEDICK	By my sword, Beatrice, thou lovest me!
BEATRICE	Do not swear and eat it.
BENEDICK	I will swear by it that you love me, and I will make him eat it that says I love not you.
BEATRICE	Will you not eat your word?
BENEDICK	With no sauce that can be devised to it. I protest I love thee.
BEATRICE	Why then, God forgive me.
BENEDICK	What offense, sweet Beatrice?
BEATRICE	You have stayed me in a happy hour. I was about to protest I loved you.
BENEDICK	And do it with all thy heart.
BEATRICE	I love you with so much of my heart that

	none is left to protest.
BENEDICK	Come, bid me do anything for thee.
BEATRICE	Kill Claudio.
BENEDICK	Ha! Not for the wide world.
BEATRICE	You kill me to deny it. Farewell.

[She begins to exit.]

BENEDICK	Tarry, sweet Beatrice.
BEATRICE	I am gone, though I am here. There is no
	love in you. Nay, I pray you let me go.
BENEDICK	Beatrice —
BEATRICE	In faith, I will go.
BENEDICK	We'll be friends first.
BEATRICE	You dare easier be friends with me than
	fight with mine enemy.
BENEDICK	Is Claudio thine enemy?
BEATRICE	Is he not approved in the height a villain
	that hath slandered, scorned, dishonored my kinswoman?
	O, that I were a man! What, bear her in
	hand until they come to take hands, and then, with
	public accusation, uncovered slander, unmitigated
	rancor — O God, that I were a man! I would eat his
	heart in the marketplace.
BENEDICK	Hear me, Beatrice —
BEATRICE	Talk with a man out at a window! A proper saying.
BENEDICK	Nay, but Beatrice —
BEATRICE	Sweet Hero, she is wronged, she is slandered,
	she is undone.
BENEDICK	Beat —
BEATRICE	Princes and counties! Surely a princely testimony,
	a goodly count, Count Comfect, a sweet gallant,
	surely! O, that I were a man for his sake! Or that I had

any friend would be a man for my sake! But manhood is melted into curtsies, valor into compliment, and men are only turned into tongue, and trim ones, too. He is now as valiant as Hercules that only tells a lie and swears it. I cannot be a man with wishing; therefore I will die a woman with grieving.

BENEDICK   Tarry, good Beatrice. By this hand, I love thee.

BEATRICE   Use it for my love some other way than swearing by it.

BENEDICK   Think you in your soul the Count Claudio hath wronged Hero?

BEATRICE   Yea, as sure as I have a thought or a soul.

BENEDICK   Enough, I am engaged. I will challenge him. I will kiss your hand, and so I leave you. By this hand, Claudio shall render me a dear account. As you hear of me, so think of me. Go comfort your cousin. I must say she is dead, and so farewell.

[They exit.]

ACT 4 Scene 2

Enter the Constables Dogberry and Verges, and the Town Clerk, or Sexton, in gowns, with the Watch, Conrade, and Borachio.

DOGBERRY   Is our whole dissembly appeared?

VERGES   O, a stool and a cushion for the Sexton.

[A stool is brought in; the Sexton sits.]

SEXTON   Which be the malefactors?

DOGBERRY	Marry, that am I, and my partner.
VERGES	Nay, that's certain, we have the exhibition to examine.
SEXTON	But which are the offenders that are to be examined? Let them come before Master Constable.
DOGBERRY	Yea, marry, let them come before me.

[Conrade and Borachio are brought forward.]
What is your name, friend?

BORACHIO	Borachio.
DOGBERRY	Pray, write down "Borachio." — Yours, sirrah?
CONRADE	I am a gentleman, sir, and my name is Conrade.
DOGBERRY	Write down "Master Gentleman Conrade." — Masters, do you serve God?
BORACHIO/CONRADE	Yea, sir, we hope.
DOGBERRY	Write down that they hope they serve God; and write God first, for God defend but God should go before such villains! — Masters, it is proved already that you are little better than false knaves, and it will go near to be thought so shortly. How answer you for yourselves?
CONRADE	Marry, sir, we say we are none.
DOGBERRY	A marvelous witty fellow, I assure you, but I will go about with him. — Come you hither, sirrah, a word in your ear. Sir, I say to you it is thought you are false knaves.
BORACHIO	Sir, I say to you we are none.
DOGBERRY	Well, stand aside. — 'Fore God, they are both in a tale. Have you writ down that they are none?
SEXTON	Master constable, you go not the way to examine. You must call forth the watch that are their accusers.
DOGBERRY	Yea, marry, that's the eftest way. — Let the watch come forth. Masters, I charge you in the

Prince's name, accuse these men.

FIRST WATCHMAN   This man said, sir, that Don John, the
Prince's brother, was a villain.

DOGBERRY   Write down Prince John a villain. Why,
this is flat perjury, to call a prince's brother villain!

BORACHIO   Master constable —

DOGBERRY   Pray thee, fellow, peace. I do not like thy
look, I promise thee.

SEXTON   [to Watch] What heard you him say else?

SEACOAL   Marry, that he had received a thousand ducats of
Don John for accusing the Lady Hero wrongfully.

DOGBERRY   Flat burglary as ever was committed.

VERGES   Yea, by Mass, that it is.

SEXTON   What else, fellow?

FIRST WATCHMAN   And that Count Claudio did mean,
upon his words, to disgrace Hero before the whole
assembly, and not marry her.

DOGBERRY   [to Borachio] O, villain! Thou wilt be condemned
into everlasting redemption for this!

SEXTON   What else?

SEACOAL   This is all.

SEXTON   And this is more, masters, than you can deny.
Prince John is this morning secretly stolen away.
Hero was in this manner accused, in this very
manner refused, and upon the grief of this suddenly
died. — Master constable, let these men be bound
and brought to Leonato's. I will go before and show
him their examination.   [He exits.]

DOGBERRY   Come, let them be opinioned.

VERGES   Let them be in the hands —

CONRADE   Off, coxcomb!

DOGBERRY   God's my life, where's the Sexton? Let

him write down the Prince's officer "coxcomb."

Come, bind them. — Thou naughty varlet!

CONRADE   Away! You are an ass, you are an ass!

DOGBERRY   Dost thou not suspect my place? Dost

thou not suspect my years? O, that he were here to

write me down an ass! But masters, remember that

I am an ass, though it be not written down, yet

forget not that I am an ass. — No, thou villain, thou

art full of piety, as shall be proved upon thee by

good witness. I am a wise fellow and, which is more,

an officer and, which is more, a householder and,

which is more, as pretty a piece of flesh as any is in

Messina, and one that knows the law, go to, and a

rich fellow enough, go to, and a fellow that hath had

losses, and one that hath two gowns and everything

handsome about him. — Bring him away. — O, that I

had been writ down an ass!

[They exit.]

ACT 5 Scene 1

Enter Leonato and his brother.

LEONATO'S BROTHER   If you go on thus, you will kill yourself,

And 'tis not wisdom thus to second grief

Against yourself.

LEONATO   I pray thee, cease thy counsel,

Which falls into mine ears as profitless

As water in a sieve. Give not me counsel,
Nor let no comforter delight mine ear
But such a one whose wrongs do suit with mine.
Bring me a father that so loved his child,
Whose joy of her is overwhelmed like mine,
And bid him speak of patience.
Measure his woe the length and breadth of mine,
And let it answer every strain for strain,
As thus for thus, and such a grief for such,
In every lineament, branch, shape, and form.
If such a one will smile and stroke his beard,
Bid sorrow wag, cry "hem" when he should groan,
Patch grief with proverbs, make misfortune drunk
With candle-wasters, bring him yet to me,
And I of him will gather patience.
But there is no such man. For, brother, men
Can counsel and speak comfort to that grief
Which they themselves not feel, but tasting it,
Their counsel turns to passion, which before
Would give preceptial med'cine to rage,
Fetter strong madness in a silken thread,
Charm ache with air and agony with words.
No, no, 'tis all men's office to speak patience
To those that wring under the load of sorrow,
But no man's virtue nor sufficiency
To be so moral when he shall endure
The like himself. Therefore give me no counsel.
My griefs cry louder than advertisement.

LEONATO'S BROTHER   Therein do men from children nothing differ.

LEONATO   I pray thee, peace. I will be flesh and blood,
For there was never yet philosopher

That could endure the toothache patiently,

However they have writ the style of gods

And made a push at chance and sufferance.

LEONATO'S BROTHER   Yet bend not all the harm upon yourself.

Make those that do offend you suffer too.

LEONATO   There thou speak'st reason. Nay, I will do so.

My soul doth tell me Hero is belied,

And that shall Claudio know; so shall the Prince

And all of them that thus dishonor her.

[Enter Prince and Claudio.]

LEONATO'S BROTHER   Here comes the Prince and Claudio hastily.

PRINCE   Good e'en, good e'en.

CLAUDIO   Good day to both of you.

LEONATO   Hear you, my lords —

PRINCE   We have some haste, Leonato.

LEONATO   Some haste, my lord! Well, fare you well, my lord.

Are you so hasty now? Well, all is one.

PRINCE   Nay, do not quarrel with us, good old man.

LEONATO'S BROTHER   If he could right himself with quarrelling,

Some of us would lie low.

CLAUDIO   Who wrongs him?

LEONATO   Marry, thou dost wrong me, thou dissembler, thou.

Nay, never lay thy hand upon thy sword.

I fear thee not.

CLAUDIO   Marry, beshrew my hand

If it should give your age such cause of fear.

In faith, my hand meant nothing to my sword.

LEONATO   Tush, tush, man, never fleer and jest at me.

I speak not like a dotard nor a fool,

As under privilege of age to brag

What I have done being young, or what would do

Were I not old. Know, Claudio, to thy head,
Thou hast so wronged mine innocent child and me
That I am forced to lay my reverence by,
And with gray hairs and bruise of many days
Do challenge thee to trial of a man.
I say thou hast belied mine innocent child.
Thy slander hath gone through and through her heart,
And she lies buried with her ancestors,
O, in a tomb where never scandal slept,
Save this of hers, framed by thy villainy.

CLAUDIO My villainy?

LEONATO   Thine, Claudio, thine, I say.

PRINCE You say not right, old man.

LEONATO My lord, my lord,
I'll prove it on his body if he dare,
Despite his nice fence and his active practice,
His May of youth and bloom of lustihood.

CLAUDIO Away! I will not have to do with you.

LEONATO Canst thou so daff me? Thou hast killed my child.
If thou kill'st me, boy, thou shalt kill a man.

LEONATO'S BROTHER He shall kill two of us, and men indeed,
But that's no matter. Let him kill one first.
Win me and wear me! Let him answer me. —
Come, follow me, boy. Come, sir boy, come, follow me.
Sir boy, I'll whip you from your foining fence,
Nay, as I am a gentleman, I will.

LEONATO Brother —

LEONATO'S BROTHER Content yourself. God knows I loved my niece,
And she is dead, slandered to death by villains
That dare as well answer a man indeed
As I dare take a serpent by the tongue. —

Boys, apes, braggarts, jacks, milksops!

LEONATO   Brother Anthony —

LEONATO'S BROTHER   Hold you content. What, man! I know them, yea,

And what they weigh, even to the utmost scruple —

Scambling, outfacing, fashionmonging boys,

That lie and cog and flout, deprave and slander,

Go anticly and show outward hideousness,

And speak off half a dozen dang'rous words

How they might hurt their enemies, if they durst,

And this is all.

LEONATO   But brother Anthony —

LEONATO'S BROTHER   Come, 'tis no matter.

Do not you meddle. Let me deal in this.

PRINCE   Gentlemen both, we will not wake your patience.

My heart is sorry for your daughter's death,

But, on my honor, she was charged with nothing

But what was true and very full of proof.

LEONATO   My lord, my lord —

PRINCE   I will not hear you.

LEONATO   No? Come, brother, away. I will be heard.

LEONATO'S BROTHER   And shall, or some of us will smart for it.

[Leonato and his brother exit.]

[Enter Benedick.]

PRINCE   See, see, here comes the man we went to seek.

CLAUDIO   Now, signior, what news?

BENEDICK   [to Prince] Good day, my lord.

PRINCE   Welcome, signior. You are almost come to

part almost a fray.

CLAUDIO   We had like to have had our two noses

snapped off with two old men without teeth.

PRINCE   Leonato and his brother. What think'st thou?

	Had we fought, I doubt we should have been too young for them.
BENEDICK	In a false quarrel there is no true valor. I came to seek you both.
CLAUDIO	We have been up and down to seek thee, for we are high-proof melancholy and would fain have it beaten away. Wilt thou use thy wit?
BENEDICK	It is in my scabbard. Shall I draw it?
PRINCE	Dost thou wear thy wit by thy side?
CLAUDIO	Never any did so, though very many have been beside their wit. I will bid thee draw, as we do the minstrels: draw to pleasure us.
PRINCE	As I am an honest man, he looks pale. — Art thou sick, or angry?
CLAUDIO	[to Benedick] What, courage, man! What though care killed a cat? Thou hast mettle enough in thee to kill care.
BENEDICK	Sir, I shall meet your wit in the career, an you charge it against me. I pray you, choose another subject.
CLAUDIO	[to Prince] Nay, then, give him another staff. This last was broke 'cross.
PRINCE	By this light, he changes more and more. I think he be angry indeed.
CLAUDIO	If he be, he knows how to turn his girdle.
BENEDICK	Shall I speak a word in your ear?
CLAUDIO	God bless me from a challenge!
BENEDICK	[aside to Claudio] You are a villain. I jest not. I will make it good how you dare, with what you dare, and when you dare. Do me right, or I will protest your cowardice. You have killed a sweet lady, and her death shall fall heavy on you. Let me hear from you.

CLAUDIO	Well, I will meet you, so I may have good cheer.
PRINCE	What, a feast, a feast?
CLAUDIO	I' faith, I thank him. He hath bid me to a calf's head and a capon, the which if I do not carve most curiously, say my knife's naught. Shall I not find a woodcock too?
BENEDICK	Sir, your wit ambles well; it goes easily.
PRINCE	I'll tell thee how Beatrice praised thy wit the other day. I said thou hadst a fine wit. "True," said she, "a fine little one." "No," said I, "a great wit." "Right," says she, "a great gross one." "Nay," said I, "a good wit." "Just," said she, "it hurts nobody." "Nay," said I, "the gentleman is wise." "Certain," said she, "a wise gentleman." "Nay," said I, "he hath the tongues." "That I believe," said she, "for he swore a thing to me on Monday night which he forswore on Tuesday morning; there's a double tongue, there's two tongues." Thus did she an hour together transshape thy particular virtues. Yet at last she concluded with a sigh, thou wast the proper'st man in Italy.
CLAUDIO	For the which she wept heartily and said she cared not.
PRINCE	Yea, that she did. But yet for all that, an if she did not hate him deadly, she would love him dearly. The old man's daughter told us all.
CLAUDIO	All, all. And, moreover, God saw him when he was hid in the garden.
PRINCE	But when shall we set the savage bull's horns on the sensible Benedick's head?
CLAUDIO	Yea, and text underneath: "Here dwells Benedick, the married man"?

BENEDICK	Fare you well, boy. You know my mind. I will leave you now to your gossip-like humor. You break jests as braggarts do their blades, which, God be thanked, hurt not. — My lord, for your many courtesies I thank you. I must discontinue your company. Your brother the Bastard is fled from Messina. You have among you killed a sweet and innocent lady. For my Lord Lackbeard there, he and I shall meet, and till then peace be with him.

[Benedick exits.]

PRINCE	He is in earnest.
CLAUDIO	In most profound earnest, and, I'll warrant you, for the love of Beatrice.
PRINCE	And hath challenged thee?
CLAUDIO	Most sincerely.
PRINCE	What a pretty thing man is when he goes in his doublet and hose and leaves off his wit!
CLAUDIO	He is then a giant to an ape; but then is an ape a doctor to such a man.
PRINCE	But soft you, let me be. Pluck up, my heart, and be sad. Did he not say my brother was fled?

[Enter Constables Dogberry and Verges, and the Watch, with Conrade and Borachio.]

DOGBERRY	Come you, sir. If justice cannot tame you, she shall ne'er weigh more reasons in her balance. Nay, an you be a cursing hypocrite once, you must be looked to.
PRINCE	How now, two of my brother's men bound? Borachio one!
CLAUDIO	Hearken after their offense, my lord.
PRINCE	Officers, what offense have these men done?
DOGBERRY	Marry, sir, they have committed false

	report; moreover, they have spoken untruths; secondarily, they are slanders; sixth and lastly, they have belied a lady; thirdly, they have verified unjust things; and, to conclude, they are lying knaves.
PRINCE	irst, I ask thee what they have done; thirdly, I ask thee what's their offense; sixth and lastly, why they are committed; and, to conclude, what you lay to their charge.
CLAUDIO	Rightly reasoned, and in his own division; and, by my troth, there's one meaning well suited.
PRINCE	[to Borachio and Conrade] Who have you offended, masters, that you are thus bound to your answer? This learned constable is too cunning to be understood. What's your offense?
BORACHIO	Sweet prince, let me go no farther to mine answer. Do you hear me, and let this count kill me. I have deceived even your very eyes. What your wisdoms could not discover, these shallow fools have brought to light, who in the night overheard me confessing to this man how Don John your brother incensed me to slander the Lady Hero, how you were brought into the orchard and saw me court Margaret in Hero's garments, how you disgraced her when you should marry her. My villainy they have upon record, which I had rather seal with my death than repeat over to my shame. The lady is dead upon mine and my master's false accusation. And, briefly, I desire nothing but the reward of a villain.
PRINCE	[to Claudio] Runs not this speech like iron through your blood?
CLAUDIO	I have drunk poison whiles he uttered it.

PRINCE	[to Borachio] But did my brother set thee on to this?
BORACHIO	Yea, and paid me richly for the practice of it.
PRINCE	He is composed and framed of treachery,
	And fled he is upon this villainy.
CLAUDIO	Sweet Hero, now thy image doth appear
	In the rare semblance that I loved it first.
DOGBERRY	Come, bring away the plaintiffs. By this
	time our sexton hath reformed Signior Leonato of
	the matter. And, masters, do not forget to specify,
	when time and place shall serve, that I am an ass.
VERGES	Here, here comes Master Signior Leonato,
	and the Sexton too.

[Enter Leonato, his brother, and the Sexton.]

LEONATO	Which is the villain? Let me see his eyes,
	That, when I note another man like him,
	I may avoid him. Which of these is he?
BORACHIO	If you would know your wronger, look on me.
LEONATO	Art thou the slave that with thy breath hast killed
	Mine innocent child?
BORACHIO	Yea, even I alone.
LEONATO	No, not so, villain, thou beliest thyself.
	Here stand a pair of honorable men —
	A third is fled — that had a hand in it. —
	I thank you, princes, for my daughter's death.
	Record it with your high and worthy deeds.
	'Twas bravely done, if you bethink you of it.
CLAUDIO	I know not how to pray your patience,
	Yet I must speak. Choose your revenge yourself.
	Impose me to what penance your invention
	Can lay upon my sin. Yet sinned I not
	But in mistaking.

PRINCE	By my soul, nor I,
	And yet to satisfy this good old man
	I would bend under any heavy weight
	That he'll enjoin me to.
LEONATO	I cannot bid you bid my daughter live —
	That were impossible — but, I pray you both,
	Possess the people in Messina here
	How innocent she died. And if your love
	Can labor aught in sad invention,
	Hang her an epitaph upon her tomb
	And sing it to her bones. Sing it tonight.
	Tomorrow morning come you to my house,
	And since you could not be my son-in-law,
	Be yet my nephew. My brother hath a daughter,
	Almost the copy of my child that's dead,
	And she alone is heir to both of us.
	Give her the right you should have giv'n her cousin,
	And so dies my revenge.
CLAUDIO	O, noble sir!
	Your overkindness doth wring tears from me.
	I do embrace your offer and dispose
	For henceforth of poor Claudio.
LEONATO	Tomorrow then I will expect your coming.
	Tonight I take my leave. This naughty man
	Shall face to face be brought to Margaret,
	Who I believe was packed in all this wrong,
	Hired to it by your brother.
BORACHIO	No, by my soul, she was not,
	Nor knew not what she did when she spoke to me,
	But always hath been just and virtuous
	In anything that I do know by her.

DOGBERRY [to Leonato] Moreover, sir, which indeed is
not under white and black, this plaintiff here, the
offender, did call me ass. I beseech you, let it be
remembered in his punishment. And also the watch
heard them talk of one Deformed. They say he
wears a key in his ear and a lock hanging by it and
borrows money in God's name, the which he hath
used so long and never paid that now men grow
hardhearted and will lend nothing for God's sake.
Pray you, examine him upon that point.

LEONATO I thank thee for thy care and honest pains.

DOGBERRY Your Worship speaks like a most thankful
and reverent youth, and I praise God for you.

LEONATO [giving him money] There's for thy pains.

DOGBERRY God save the foundation.

LEONATO Go, I discharge thee of thy prisoner, and I thank thee.

DOGBERRY I leave an arrant knave with your Worship,
which I beseech your Worship to correct
yourself, for the example of others. God keep your
Worship! I wish your Worship well. God restore you
to health. I humbly give you leave to depart, and if a
merry meeting may be wished, God prohibit it. —
Come, neighbor. [Dogberry and Verges exit.]

LEONATO Until tomorrow morning, lords, farewell.

LEONATO'S BROTHER Farewell, my lords. We look for you tomorrow.

PRINCE We will not fail.

CLAUDIO Tonight I'll mourn with Hero.

LEONATO [to Watch] Bring you these fellows on.
— We'll talk with Margaret,
How her acquaintance grew with this lewd fellow.

[They exit.]

ACT 5 Scene 2

Enter Benedick and Margaret.

BENEDICK   Pray thee, sweet Mistress Margaret, deserve well at
              my hands by helping me to the speech of Beatrice.

MARGARET   Will you then write me a sonnet in praise of my beauty?

BENEDICK   In so high a style, Margaret, that no man
              living shall come over it, for in most comely truth
              thou deservest it.

MARGARET   To have no man come over me? Why, shall I
              always keep below stairs?

BENEDICK   Thy wit is as quick as the greyhound's
              mouth; it catches.

MARGARET   And yours as blunt as the fencer's foils,
              which hit but hurt not.

BENEDICK   A most manly wit, Margaret; it will not hurt a woman.
              And so, I pray thee, call Beatrice. I give thee the bucklers.

MARGARET   Give us the swords; we have bucklers of our own.

BENEDICK   If you use them, Margaret, you must put in
              the pikes with a vice, and they are dangerous
              weapons for maids.

MARGARET   Well, I will call Beatrice to you, who I
              think hath legs.

BENEDICK   And therefore will come.

                                    [Margaret exits.]

                        [Sings]

                    The god of love
                    That sits above,
              And knows me, and knows me,

　　　　　　　　　How pitiful I deserve —
I mean in singing. But in loving, Leander the good
swimmer, Troilus the first employer of panders, and
a whole book full of these quondam carpetmongers,
whose names yet run smoothly in the even
road of a blank verse, why, they were never so truly
turned over and over as my poor self in love. Marry,
I cannot show it in rhyme. I have tried. I can find out
no rhyme to "lady" but "baby" — an innocent
rhyme; for "scorn," "horn" — a hard rhyme; for
"school," "fool" — a babbling rhyme; very ominous
endings. No, I was not born under a rhyming
planet, nor I cannot woo in festival terms.
　　　　　　　　　　　　　　　　[Enter Beatrice.]
Sweet Beatrice, wouldst thou come when I called thee?

BEATRICE　　Yea, signior, and depart when you bid me.

BENEDICK　　O, stay but till then!

BEATRICE　　"Then" is spoken. Fare you well now. And yet,
ere I go, let me go with that I came, which is, with
knowing what hath passed between you and Claudio.

BENEDICK　　Only foul words, and thereupon I will kiss thee.

BEATRICE　　Foul words is but foul wind, and foul wind is
but foul breath, and foul breath is noisome. Therefore
I will depart unkissed.

BENEDICK　　Thou hast frighted the word out of his right sense,
so forcible is thy wit. But I must tell thee plainly,
Claudio undergoes my challenge, and either I must
shortly hear from him, or I will subscribe him a
coward. And I pray thee now tell me, for which of
my bad parts didst thou first fall in love with me?

BEATRICE　　For them all together, which maintained so

	politic a state of evil that they will not admit any good part to intermingle with them. But for which of my good parts did you first suffer love for me?
BENEDICK	Suffer love! A good epithet. I do suffer love indeed, for I love thee against my will.
BEATRICE	In spite of your heart, I think. Alas, poor heart, if you spite it for my sake, I will spite it for yours, for I will never love that which my friend hates.
BENEDICK	Thou and I are too wise to woo peaceably.
BEATRICE	It appears not in this confession. There's not one wise man among twenty that will praise himself.
BENEDICK	An old, an old instance, Beatrice, that lived in the time of good neighbors. If a man do not erect in this age his own tomb ere he dies, he shall live no longer in monument than the bell rings and the widow weeps.
BEATRICE	And how long is that, think you?
BENEDICK	Question: why, an hour in clamor and a quarter in rheum. Therefore is it most expedient for the wise, if Don Worm, his conscience, find no impediment to the contrary, to be the trumpet of his own virtues, as I am to myself. So much for praising myself, who, I myself will bear witness, is praiseworthy. And now tell me, how doth your cousin?
BEATRICE	Very ill.
BENEDICK	And how do you?
BEATRICE	Very ill, too.
BENEDICK	Serve God, love me, and mend. There will I leave you too, for here comes one in haste.

[Enter Ursula.]

URSULA	Madam, you must come to your uncle. Yonder's

old coil at home. It is proved my Lady Hero
hath been falsely accused, the Prince and Claudio
mightily abused, and Don John is the author of all,
who is fled and gone. Will you come presently?

[Ursula exits.]

BEATRICE Will you go hear this news, signior?

BENEDICK I will live in thy heart, die in thy lap, and be buried in
thy eyes — and, moreover, I will go with thee to thy
uncle's.

[They exit.]

ACT 5 Scene 3

Enter Claudio, Prince, and three or four Lords with
tapers, and Musicians.

CLAUDIO Is this the monument of Leonato?

FIRST LORD It is, my lord.

CLAUDIO [reading an Epitaph.]

Done to death by slanderous tongues
Was the Hero that here lies.
Death, in guerdon of her wrongs,
Gives her fame which never dies.
So the life that died with shame
Lives in death with glorious fame.

[He hangs up the scroll.]

Hang thou there upon the tomb,
Praising her when I am dumb.
Now music, sound, and sing your solemn hymn.

[Song.]

Pardon, goddess of the night,

Those that slew thy virgin knight,

For the which with songs of woe,

Round about her tomb they go.

Midnight, assist our moan.

Help us to sigh and groan

Heavily, heavily.

Graves, yawn and yield your dead,

Till death be uttered,

Heavily, heavily.

CLAUDIO   Now, unto thy bones, goodnight.

Yearly will I do this rite.

PRINCE   Good morrow, masters. Put your torches out.

The wolves have preyed, and look, the gentle day

Before the wheels of Phoebus, round about

Dapples the drowsy east with spots of gray.

Thanks to you all, and leave us. Fare you well.

CLAUDIO   Good morrow, masters. Each his several way.

[Lords and Musicians exit.]

PRINCE   Come, let us hence, and put on other weeds,

And then to Leonato's we will go.

CLAUDIO   And Hymen now with luckier issue speed 's,

Than this for whom we rendered up this woe.

[They exit.]

ACT 5 Scene 4

Enter Leonato, Benedick, Beatrice, Margaret, Ursula,
Leonato's brother, Friar, Hero.

FRIAR   Did I not tell you she was innocent?

LEONATO   So are the Prince and Claudio, who accused her
Upon the error that you heard debated.
But Margaret was in some fault for this,
Although against her will, as it appears
In the true course of all the question.

LEONATO'S BROTHER   Well, I am glad that all things sorts so well.

BENEDICK   And so am I, being else by faith enforced
To call young Claudio to a reckoning for it.

LEONATO   Well, daughter, and you gentlewomen all,
Withdraw into a chamber by yourselves,
And when I send for you, come hither masked.
The Prince and Claudio promised by this hour
To visit me. — You know your office, brother.
You must be father to your brother's daughter,
And give her to young Claudio.   [The ladies exit.]

LEONATO'S BROTHER   Which I will do with confirmed countenance.

BENEDICK   Friar, I must entreat your pains, I think.

FRIAR   To do what, signior?

BENEDICK   To bind me, or undo me, one of them. —
Signior Leonato, truth it is, good signior,
Your niece regards me with an eye of favor.

LEONATO   That eye my daughter lent her; 'tis most true.

BENEDICK   And I do with an eye of love requite her.

LEONATO   The sight whereof I think you had from me,

	From Claudio, and the Prince. But what's your will?
BENEDICK	Your answer, sir, is enigmatical.
	But for my will, my will is your goodwill
	May stand with ours, this day to be conjoined
	In the state of honorable marriage —
	In which, good friar, I shall desire your help.
LEONATO	My heart is with your liking.
FRIAR	And my help.
	Here comes the Prince and Claudio.
	[Enter Prince, and Claudio, and two or three other.]
PRINCE	Good morrow to this fair assembly.
LEONATO	Good morrow, prince; good morrow, Claudio.
	We here attend you. Are you yet determined
	Today to marry with my brother's daughter?
CLAUDIO	I'll hold my mind were she an Ethiope.
LEONATO	Call her forth, brother. Here's the Friar ready.
	[Leonato's brother exits.]
PRINCE	Good morrow, Benedick. Why, what's the matter
	That you have such a February face,
	So full of frost, of storm, and cloudiness?
CLAUDIO	I think he thinks upon the savage bull.
	Tush, fear not, man. We'll tip thy horns with gold,
	And all Europa shall rejoice at thee,
	As once Europa did at lusty Jove
	When he would play the noble beast in love.
BENEDICK	Bull Jove, sir, had an amiable low,
	And some such strange bull leapt your father's cow
	And got a calf in that same noble feat
	Much like to you, for you have just his bleat.
CLAUDIO	For this I owe you. Here comes other reck'nings.
	[Enter Leonato's brother, Hero, Beatrice, Margaret,

Which is the lady I must seize upon?

LEONATO This same is she, and I do give you her.

CLAUDIO Why, then, she's mine. — Sweet, let me see your face.

LEONATO No, that you shall not till you take her hand

Before this friar and swear to marry her.

CLAUDIO [to Hero] Give me your hand before this holy friar.

[They take hands.]

I am your husband, if you like of me.

HERO And when I lived, I was your other wife,

And when you loved, you were my other husband.

[She unmasks.]

CLAUDIO Another Hero!

HERO Nothing certainer.

One Hero died defiled, but I do live,

And surely as I live, I am a maid.

PRINCE The former Hero! Hero that is dead!

LEONATO She died, my lord, but whiles her slander lived.

FRIAR All this amazement can I qualify,

When after that the holy rites are ended,

I'll tell you largely of fair Hero's death.

Meantime let wonder seem familiar,

And to the chapel let us presently.

BENEDICK Soft and fair, friar. — Which is Beatrice?

BEATRICE [unmasking] I answer to that name. What is your will?

BENEDICK Do not you love me?

BEATRICE Why no, no more than reason.

BENEDICK Why then, your uncle and the Prince and Claudio

Have been deceived. They swore you did.

BEATRICE Do not you love me?

BENEDICK Troth, no, no more than reason.

BEATRICE	Why then, my cousin, Margaret, and Ursula
	Are much deceived, for they did swear you did.
BENEDICK	They swore that you were almost sick for me.
BEATRICE	They swore that you were well-nigh dead for me.
BENEDICK	'Tis no such matter. Then you do not love me?
BEATRICE	No, truly, but in friendly recompense.
LEONATO	Come, cousin, I am sure you love the gentleman.
CLAUDIO	And I'll be sworn upon 't that he loves her,
	For here's a paper written in his hand,
	A halting sonnet of his own pure brain,
	Fashioned to Beatrice. [He shows a paper.]
HERO	And here's another,
	Writ in my cousin's hand, stol'n from her pocket,
	Containing her affection unto Benedick.
	[She shows a paper.]
BENEDICK	A miracle! Here's our own hands against
	our hearts. Come, I will have thee, but by this light
	I take thee for pity.
BEATRICE	I would not deny you, but by this good day, I
	yield upon great persuasion, and partly to save your
	life, for I was told you were in a consumption.
BENEDICK	Peace! I will stop your mouth.
	[They kiss.]
PRINCE	How dost thou, Benedick, the married man?
BENEDICK	I'll tell thee what, prince: a college of
	wit-crackers cannot flout me out of my humor.
	Dost thou think I care for a satire or an epigram?
	No. If a man will be beaten with brains, he shall
	wear nothing handsome about him. In brief, since I
	do purpose to marry, I will think nothing to any
	purpose that the world can say against it, and

therefore never flout at me for what I have said
against it. For man is a giddy thing, and this is my
conclusion. — For thy part, Claudio, I did think to
have beaten thee, but in that thou art like to be my
kinsman, live unbruised, and love my cousin.

CLAUDIO   I had well hoped thou wouldst have denied
Beatrice, that I might have cudgeled thee out of thy
single life, to make thee a double-dealer, which out
of question thou wilt be, if my cousin do not look
exceeding narrowly to thee.

BENEDICK   Come, come, we are friends. Let's have a
dance ere we are married, that we may lighten our
own hearts and our wives' heels.

LEONATO   We'll have dancing afterward.

BENEDICK   First, of my word! Therefore play, music. — Prince,
thou art sad. Get thee a wife, get thee a wife.
There is no staff more reverend than one tipped with
horn.

[Enter Messenger.]

MESSENGER   [to Prince]
My lord, your brother John is ta'en in flight,
And brought with armed men back to Messina.

BENEDICK   [to Prince] Think not on him till tomorrow.
I'll devise thee brave punishments for him. — Strike
up, pipers!   [Music plays. They dance.]

[They exit.]

헛소문에 큰 소동

1판 1쇄 펴냄	2023년 5월 12일
1판 2쇄 펴냄	2024년 12월 17일

지은이	윌리엄 셰익스피어
옮긴이	최종철
발행인	박근섭·박상준

펴낸곳	(주)민음사
출판등록	1966. 5. 19. 제16-490호
주소	서울시 강남구 도산대로1길 62(신사동)
	강남출판문화센터 5층 (우편번호 06027)
대표전화	02-515-2000
팩시밀리	02-515-2007
홈페이지	www.minumsa.com

잘못 만들어진 책은 구입처에서 교환해 드립니다.